CHRISTMAS
Love
AND BE MERRY

Joyeux Noël
et bon Mariah Carey :)

Floriane
Joy ♡

CHRISTMAS
Love
AND BE MERRY

Floriane Joy

Couverture : Floriane Joy

ISBN : 9798754162914

Ce livre est une fiction. Les noms propres, les personnages, les lieux, les intrigues, sont soit le fruit de l'imagination de l'auteur, soit utilisés dans le cadre d'une œuvre de fiction. Toute ressemblance avec des personnes réelles, vivantes ou décédées, des entreprises, des événements ou des lieux, serait une pure coïncidence.

Chapitre 1

Lundi 30 novembre

— Lucie ?!

Le nez plongé dans mon livre, je ne fais pas attention à ce qu'il se passe autour de moi jusqu'à ce que le barista se mette à hurler mon prénom. En m'avançant vers lui, je constate que plusieurs personnes me regardent avec un air peu aimable, tout en secouant la tête. Quand arrive le moment où je croise les yeux du barista, je remarque son regard noir plein de reproches. Il m'a appelé plus d'une fois, c'est sûr.

C'est un marchand de boissons chaudes qui se trouve dans une petite maison en bois au coin d'une rue. Et en ces jours où le froid commence à s'installer rudement, j'y prends une boisson pratiquement chaque matin. Habituellement, je ne suis pas du style à être inattentive, mais je suis arrivée à un moment crucial de mon roman et je voulais le lire avant d'arriver au boulot. Je cale mon livre sous le bras, et commence à enlever mon gant pour pouvoir prendre mon gobelet, sauf qu’avec l'ambiance sympathique autour de moi, je me fais toute petite et me dépêche de déguerpir d'ici.

— Merci et bonne journée, le remercié-je en prenant mon gobelet.

En me retournant, je percute quelqu'un. Je perds instantanément l'équilibre et mon pied se met dans un trou caché sous la neige fondue. Avec mon gant qui ne tient pas grand-chose, mon gobelet tombe et projette son contenu sur ce qu’il y a autour. C’est-à-dire, les personnes qui attendent dans la file d'attente, des passants et moi.

— Mais ce n'est pas vrai, bordel !

J'ai encore les yeux écarquillés sur mon gobelet au sol quand j'entends une voix. Cette voix.

— C'est un don chez vous de toujours vous faire remarquer ?

Mon patron. Mes yeux ne peuvent pas s'ouvrir davantage. Je relève doucement la tête, et le vois s'essuyer comme il peut du bout des doigts. Je suis crispée et ne peux rien faire, rien dire. C'est une dame âgée de la file d'attente qui lui présente un mouchoir en papier pour qu'il puisse atténuer les tâches qui se forment sur le bas de son manteau long. Je regarde autour de moi, muette. Plusieurs personnes ont des tâches de chocolat chaud sur leur pantalon, leur chaussure et leur manteau. Tous ceux présents sur la scène me regardent avec des yeux de sérial killer. Quant à mon patron, si ses yeux pouvaient tuer, je serais déjà morte sur place. Cela présage une super journée.

— Vous ne regardez jamais où vous allez ? hurle-t-il.

— Mais…

— Vous attendez quoi ?! Allez travailler !

Je baisse la tête et marche sans regarder où je vais. Je me prends une ou deux personnes, ne relevant la tête qu'après quelques instants de marche intensive. Je reprends mon souffle une fois assez éloignée de lui pour qu'il ne m'entende pas.

— Mais quel enfoiré ! Comme si j'avais fait exprès de faire tomber mon gobelet !

Une mère et son enfant passant à mes côtés me dévisagent, choqués. Peut-être bien que j'ai parlé un peu fort, mais ce n'est pas une raison pour me regarder comme ça.

— Eh merde, j'ai perdu mon livre.

J'ai beau regarder sous mon bras où je l'avais calé, rien. J'ai dû le faire tomber en même temps que ma boisson. Mais si je retourne sur place, je ne suis pas sûre qu'il y soit encore. Foutue journée. Je prends une grande inspiration, réajuste mon bonnet sur mes oreilles, décide de laisser tout ça dernière moi et prends la direction du boulot.

À l'approche des fêtes de fin d'année, je suis obligée de faire un petit détour et de passer par le marché de Noël. Le matin, tout est fermé, mais de voir ces chalets, les guirlandes lumineuses un peu partout, et ces mini sapins de Noël disposés entre chaque chalet me met du baume au cœur. Je ne peux m'empêcher de sourire.

— Bonjour, Lucie !

Je suis la voix du regard et tombe nez à nez avec Hervé, un vieil homme qui bosse sur le marché de Noël depuis des années.

— Bonjour, Hervé, comment allez-vous ce matin ?
— On ne peut mieux ! C'est aujourd'hui qu'on installe le trône du père Noël. J'espère que vous serez là pour voir les premiers enfants faire la file.
— J'essaierai d'être là, mais je ne vous promets rien. Passez une belle journée, Hervé ! dis-je en souriant.

Dès le premier jour du marché de Noël, je croise Hervé chaque matin, et même si nous ne parlons jamais bien longtemps, il a le don de me faire sourire. Il est un peu le papa de tous ici. C'est lui qui gère les décorations, les musiques ambiantes et surtout, le trône du père Noël. Ce petit passage dans le marché me met de bonne humeur à coup sûr pour la journée.

Enfin, c'est sans compter sur mon patron pour plomber l'ambiance. Je suis déjà installée derrière mon ordinateur quand il arrive, énervé. Il s'enferme dans son bureau sans un regard pour moi.

— À croire que le froid accentue sa bonne humeur, me dis-je, ironique, en foudroyant sa porte du regard.

En début d'année, je vais fêter ma première année à occuper ce poste : assistante de direction d'une agence de mannequinat pour enfants, *Little Brown*. C'est un endroit où tout le monde veut travailler pour avoir une ligne sur son CV avec ce nom prestigieux. Il y a de très bonnes journées comme de très mauvaises. J'ai encore du mal à cerner mon patron. La plupart du temps, il a les sourcils froncés, ce qui lui prodigue un air contrarié qui ne donne pas du tout envie d'engager la conversation. Et pourtant, il a su être gentil en de rares occasions. À mon anniversaire, il m'avait fait un cadeau. En quelque sorte.

— Allez acheter une grosse boîte de chocolats, m'avait-il ordonné.
— Pour quelle occasion ?
— Votre anniversaire.

Et il était parti s'enfermer dans son bureau. Aujourd'hui encore, je ne sais pas comment il a su que c'était mon anniversaire parce que ce n'était clairement pas sa priorité ce jour-là. J'avais décidé de ne pas céder, mais il m'avait fait passer une journée tellement atroce, que je m'étais pris la plus grosse boîte que j'avais pu trouver et l'avais engloutie sur le week-end.

— Dans une heure, réunion dans mon bureau pour que vous me parliez de l'avancement des projets, dit mon patron en sortant de sa grotte.

Je fais un bond sur ma chaise et ne lui réponds pas. Il a déjà disparu de mon champ de vision. Comme si je pouvais oublier cette réunion. Elle m'a empêchée de dormir une grande partie de la nuit. Mon patron ne me fait pas peur, mais cette organisation est un sacré défi. Ma présence dans l'entreprise, suite à mon travail fourni pour ces futurs projets, peut être remise en question. Le mois de décembre n'est pas un gros mois pour l'agence, car la politique est d'être assez calme pour les fêtes de fin d'année. Enfin pas pour moi, parce que j'ai deux évènements à préparer. Une après-midi « *Père Noël* » pour les enfants et une soirée « *Noël* » pour les collaborateurs et leurs familles.

L'heure passe à une vitesse folle. Juste le temps de relire mes notes, changer deux-trois détails, et c'est parti. Je décide d'aller faire un tour à la machine à café, ou devrais-je préciser, à notre petit coin cuisine, afin de me détendre trente secondes. Je mets la capsule de café dans la machine, installe ma tasse de Noël que j'ai amené la semaine dernière, appuie sur le bouton pour la mettre en route et me dirige vers la table où des bonbons et chocolats emballés trainent dans des bocaux en verre. J'attrape deux chocolats et décide d'en manger un dans la seconde, récupère mon café et traverse les bureaux en sens inverse. Des guirlandes ont été mises çà et là pour donner un esprit de fête à cette grande pièce. C'est mon idée et j'en suis ravie. Je récupère mon carnet ainsi qu'un stylo, et frappe au bureau de Brown.

— Ici ! entends-je.

Il est dans la salle de réunion où se trouve un grand sapin orné de boules rouges, blanches et vertes. Encore une idée de ma part. Étant donné que ce sont mes premières fêtes dans cette agence, j'ai fait ce que je voulais, ne sachant pas qu'elles sont les habitudes. Toutefois, j'ai compris que le patron n'aime pas cette fête et que c'est la première fois que des décorations sont posées. Mes collègues sont ravis de mon initiative, mais le boss l'est beaucoup moins. J'ai vite compris que ça l'agaçait plus qu'autre chose. Il ne peut pas s'empêcher de grogner chaque fois qu'il voit le sapin ou une décoration dans l'agence.

— Enfin ! me dit-il d'un regard noir.

Je regarde l'heure à ma montre, 8h57. Décidément, il est vraiment de mauvaise humeur aujourd'hui. Je n'ai pas pour habitude de me laisser marcher dessus, mais à chaque fois, quand c'est lui, j'ai tendance à me taire et à laisser passer. Je prends une grande inspiration, et je m'installe en face tout en posant mon mug de Noël et le petit chocolat à côté. Je sens son regard juger ma tasse. Il n'aime vraiment pas tout ce qui touche à cette fête de près comme de loin apparemment.

Au moment où j'ouvre la bouche, on frappe à la porte vitrée. En file indienne, Lucas, Mathilde et Hugo. Les deux premiers sont faux jumeaux et sont toujours fourrés ensemble. Ils travaillent sur les réseaux sociaux et maintiennent le site de l'agence. Hugo, notre comptable, lunettes sur le nez, n'a pas du tout le style sérieux associé à son métier. Un léger signe de tête pour me saluer, et ils s'installent autour de la table. Le boss ne fait aucune remarque sur leur possible retard.

— Bien, maintenant que nous sommes au complet, faisons en sorte que cette réunion soit productive ! dit le patron en nous regardant tour à tour. Lucie, on t'écoute.

Il ne m'agresse plus ? Il n'est que neuf heures et je suis déjà épuisée de tout ça. Le moment de vérité est arrivé, à moi de montrer que j'ai bossé dur et que j'en suis capable. Néanmoins, au moment de prendre la parole, on frappe de nouveau à la porte.

— Ce n'est pas possible, dis-je tout bas.

Julia, une belle brune qui travaille à l'accueil, ouvre doucement la porte. Elle affiche un grand sourire tout en me faisant de gros yeux. Cela ne présage rien de bon.

— Bonjour, M. Brown, désolée de vous déranger, mais puis-je parler à Lucie ?
— Nous sommes en réunion, ce n'est pas le moment, dit le patron, agacé.
— Si je peux me permettre, c'est assez urgent.

Je remarque une tête rousse derrière elle qui essaie de voir ce qui se passe à l'intérieur sans trop se montrer, chose complètement idiote, car la salle de réunion est comme un bocal avec des murs en verre.

— Qui se cache derrière vous ? demande Brown.
— C'est la raison de ma venue, M. Brown. Ce jeune homme est le nouveau stagiaire de Lucie, dit-elle en se poussant légèrement pour le montrer.

Ma respiration se bloque, je n'ose plus bouger. Avec toute la poisse de ce matin, j'ai complètement oublié que j'attendais quelqu'un. À vrai dire, ce n'est que mon deuxième stagiaire de l'année. Et malgré le travail qui m'attend, je me suis dit que ça pourrait être une bonne idée de montrer que je sais, également, être pédagogue.

— Et pourquoi n'est-il pas déjà installé ? me demande Brown en me regardant droit dans les yeux.

Encore une fois, je sens que ça va être ma fête. Mais autant être honnête et ne pas tourner autour du pot.

— Je l'ai oublié.

Brown me regarde, étonné, comme s'il s'attendait à un bobard. Je me lève de ma chaise, et me dirige vers la porte devant laquelle Julia et l'inconnu sont plantés.

— Merci, Julia, lui dis-je en lui faisant un sourire sincère. Bienvenue chez *Little Brown*, et comme tu l'auras compris, c'est avec moi que tu vas travailler ces prochaines semaines.

— Prenez votre temps surtout, dit froidement Brown dans mon dos. Ce n'est pas comme si nous avions des choses à faire.

Je jette un coup d'œil au nouveau, essayant de lui faire comprendre que je suis désolée et lui fais signe de me suivre dans la salle de réunion. Il s'installe près de Lucas, sans parler, sans même oser un regard vers Brown. Le pauvre, on a connu mieux comme premier jour dans une nouvelle entreprise. Mais je ne comprends pas comment j'ai pu l'oublier, car même si j'ai eu quelques soucis ce matin, j'étais à mon bureau. Je n'aurais pas dû le louper.

— Si vous avez fini de marmonner, on pourrait peut-être commencer ? Le temps presse.

Julia est déjà repartie, je suis donc seule à la porte en train de me parler. Brown, assis dans sa chaise, s'amuse à faire tourner son stylo autour de son doigt. Ça, c'est le signe de son impatience.

— Bien, commençons, dis-je en m'installant.

La réunion dure l'heure et tout se déroule comme prévu. J'ai détaillé chaque évènement, avec les activités, ainsi que les entreprises pour les buffets et décorations. J'ai la bonne surprise de voir que mon stagiaire, dont je ne connais toujours pas le prénom, a pris des notes du début à la fin.

Dans l'ensemble, mes idées ont plu à tout le monde. Je rassemble mes affaires en réfléchissant déjà aux détails qu'il va falloir changer dans la journée.

— Comment t'appelles-tu ? demandé-je au stagiaire quand tout le monde est sorti de la salle.
— Raphaël, et vous c'est Lucie, si j'ai bien compris ?
— Oui, c'est ça, mais s'il te plaît, tutoie-moi. J'ai l'impression d'être une mamie quand on me vouvoie. Surtout que l'on ne doit pas avoir beaucoup de différence d'âge.
— J'ai 22 ans.
— Ok, tu vois, j'en ai 28, dis-je en soulevant les épaules. Et désolée de t'avoir oublié, j'avais la tête ailleurs.
— Je m'excuse d'être arrivé en retard. Ça ne le fait pas trop pour un premier jour, ça ne donne pas bonne impression.

Voilà pourquoi je ne l'avais pas vu, il était en retard. Effectivement, ça ne donne pas bonne impression mais il a l'air d'être bosseur, ça équilibre les choses.

— Julia n'a pas eu le temps de te montrer les bureaux, je suppose ?

Il fait non de la tête, embarrassé.

— Bien, faisons le tour rapidement. De toute façon, tu découvriras l'endroit au fur et à mesure, dis-je en récupérant mon mug et en engloutissant le chocolat qui était resté sur la table durant tout ce temps.

En dix minutes top chrono, nous avons fait le tour. Même si nous sommes une grande agence de renom, nous n'avons pas un immeuble de quinze étages. L'agence se situe dans un bâtiment où différentes entreprises ont leurs locaux également. *Little Brown* occupe deux étages. Celui où nous nous trouvons a deux open-spaces séparés par une grande allée centrale. Au bout de cette dernière, se trouvent mon bureau ouvert et en face, le bureau de Brown. Pour les open-spaces, chacun a sa spécialité. L'un pour gérer les recrues, l'autre pour régir les réseaux et les factures. Il y a aussi la fameuse salle de réunion, alias le bocal, qui prend tout l'espace restant de l'étage. Au second étage, ce sont plusieurs box. Ils sont aménagés pour les shootings photos. Ainsi qu'une pièce informatique pour traiter les photo. Donc, uniquement deux étages. Rien d'extra vu de l'extérieur, mais très efficace et surtout, un endroit où règne une bonne ambiance et où il fait bon de travailler.

— Donc ici, c'est mon bureau. Enfin le nôtre, dis-je en lui montrant un petit bureau posé contre la paroi en verre. C'est petit, mais on s'y sent bien. Je te donnerai les codes pour accéder à certains dossiers. Bienvenue, Raphaël.

Il opine du chef et s'installe à son bureau. On passe le reste de la matinée à travailler sur les deux évènements. Dans l'après-midi, je me fais une ultime check-list avec les dernières choses à vérifier. Comme par exemple, avant l'après-midi « *Père Noël* », s'assurer que le père Noël soit bien présent ou que le traiteur reçoive bien ma commande. Je suis un peu obsédée par les to-do List, mais ça me permet de voir où je vais, ce qu'il me reste à faire, les choses à régler en urgence.

Pour rattraper son retard du matin, Raphaël propose de rester plus tard en fin de semaine. Proposition que j'accepte volontiers.

— Lucie ? Bureau, tout de suite ! aboie Brown.
— Oui, j'arrive.

Nos bureaux sont l'un en face de l'autre, mais il ne peut pas s'empêcher de toujours m'appeler en criant. Qu'est-ce qu'il me veut encore ? Il est dix-neuf heures passées, il ne me reste qu'à corriger un courrier que je dois envoyer à un fournisseur de prêt-à-porter et je suis prête à partir. Retenant un grognement, je fais mon plus beau sourire et entre dans son bureau.

— Oui ?
— Demain midi, j'ai un déjeuner d'affaires pour un évènement qui se passera entre Noël et le Nouvel An, dit-il en me regardant de haut en bas. J'aimerais que vous m'y accompagniez.

Hein ? Qu'est-ce qu'il me raconte ?

— Normalement, c'est Mathilde qui s'occupe de ça puisqu'elle est Community Manager. C'est une opération spéciale nouvelle Année qui se passera exclusivement sur les réseaux sociaux. Elle sera présente, mais j'aimerais que vous soyez là pour nous apporter vos idées quant à cet évènement, reprend-il le plus sérieusement du monde. C'est la première fois que nous mettons ça en place, donc pourquoi ne pas vous y inclure ?

Je ne réponds pas. Est-ce qu'il se moque de moi ? Et qu'est-ce qu'il a à me regarder comme ça ? Je descends les yeux sur ma tenue du jour. Rien de bien compliqué, un chemisier blanc basique, un peu chiffonné par la journée, un jean brut qui serre les chevilles et mes converses blanches. Certes, les converses ne sont pas l'idéal quand je suis dehors avec ce temps pourri et la neige fondue, mais au bureau j'aime être à l'aise. Et j'essaie toujours d'être un peu plus habillée sur les pièces de haut, parce que c'est généralement ce que l'on voit de moi en premier, étant donné que je suis assise derrière un bureau la majeure partie de la journée. Je percute sur un défaut. J'ai une énorme tâche marron sur ma chaussure gauche. La galère, c'est quoi ça ? Du chocolat ! Je ferme les yeux comme si ça pouvait me permettre de me faire disparaître. La honte, comment ai-je fait pour ne pas voir les dégâts ?

— Charmant.

Sa voix me fait sursauter. Il n'est plus à son bureau, mais juste à côté de moi. Il prend son manteau qui est accroché derrière moi. Malgré moi, j'en profite pour le détailler. Même après sa journée de travail, Brown est toujours bien coiffé, bien habillé. Il a les cheveux bruns et courts sur les côtés, mais un peu plus longs sur le dessus. Barbe de trois jours, toujours bien taillée. Même sa cravate est encore nouée à cette heure de la journée et en prime, il sent bon. Il a une simple écharpe noire autour du cou qui va parfaitement bien avec son manteau gris foncé.

— Bonne soirée Lucie, dit-il en partant.

Je reste là, seule dans son bureau, me persuadant que demain sera une meilleure journée.

Chapitre 2

Mardi 1 décembre

La nuit fut plus agitée que ce que je veux bien m'avouer. Je n'ai pas arrêté de repenser à ce déjeuner d'affaires auquel je dois assister. Pourquoi m'inclure dans un projet qui ne m'est pas destiné ?

Ça fait une année que je bosse pour lui, et c'est la première fois qu'il me fait un coup comme celui-là. Je sens le traquenard arriver de loin. Brown n'est pas un tyran, mais disons que quand il veut quelque chose, il faut répondre à sa demande immédiatement. En tant que patron, c'est le meilleur pour qui j'ai pu travailler. Il est carré, il sait ce qui l'avantage ou peut le faire sombrer. L'agence tourne très bien, et se développe de jour en jour, d'où son nom prestigieux aujourd'hui. J'aime beaucoup travailler dans cette boîte, et j'espère pouvoir y rester après la fin de mon contrat qui se termine le mois prochain. Donc ce n'est pas ça le problème, mais Brown est... un glaçon. Ce n'est pas le style de patron à vous demander comment s'est passé votre dimanche. Il est toujours bien habillé, bien coiffé, et il met naturellement une barrière entre lui... et le reste du monde.

Il est cinq heures trente du matin. Normalement, le réveil ne sonne que dans une heure, mais je n'arrête pas de me tourmenter à cause de Brown, ou plutôt de ce déjeuner et de ce qu'il attend de moi.

— De toute façon, j'ai du travail, dis-je pour me donner une raison de me lever si tôt.

Mon appartement est petit, mais j'ai réussi à en faire quelque chose de cosy. Je vis dans un trois-pièces. Par chance, le salon est la pièce la plus grande. Au centre de la pièce, j'ai installé un canapé douillet où s'entassent plaids et coussins, une table basse est posée en face ainsi qu'un petit meuble télé. Deux grandes fenêtres sont positionnées de chaque côté du meuble. Devant l'une d'elles, le sapin est installé. Sur le dernier mur, une bibliothèque basse a été montée et remplie récemment. Dos au salon, se trouve ma cuisine ouverte avec son bar haut où j'y ai disposé des sets de table aux couleurs de Noël. Avant d'aller me faire couler un café, je me dirige vers le sapin pour l'allumer. Et comme chaque matin, mon cœur se met à battre un peu plus. Mon café au lait dans une tasse aux couleurs rouge et blanc, je m'installe dans mon canapé, en face du sapin, pour le siroter tranquillement. Regarder le sapin en déjeunant est un rituel durant cette période, ça a quelque chose de magique.

Je prends le temps de me préparer. Malgré tout, je suis prête avant sept heures. Je vérifie une dernière fois mes converses blanches posées sur le radiateur. J'ai passé ma soirée de la veille à essayer d'enlever cette fameuse tâche. Ça a l'air d'être parti mais un nouveau nettoyage sera nécessaire. J'éteins le sapin, et vérifie ma tenue une dernière fois dans le miroir. Malgré le déjeuner professionnel, j'ai décidé de rester moi-même en m'habillant simplement. J'ai passé un petit pull tout doux beige clair, que j'ai agrémenté d'un jean noir et des bottes à fourrure noires. J'ai mis un manteau de couleur marron, et une énorme écharpe de la même couleur ainsi qu'un bonnet. C'est à peine si l'on peut distinguer ma chevelure qui est dans les mêmes tons. Je récupère mon sac à main, et claque la porte derrière moi.

Comme à mon habitude, je passe par le marché de Noël. Hier soir, j'étais tellement déboussolée à cause de la demande de Brown que je ne suis pas passée pour saluer les vendeurs.

— Lucie, pourrais-tu m'aider ?

Pensant ne voir personne à cette heure-ci, je sursaute et cherche qui m'appelle tout en calmant les battants de mon cœur. Juste derrière moi, Hervé débarque d'entre deux chalets avec d'énormes sucres d'orge rouges et blancs.

— Bien sûr ! dis-je en lui tendant les mains. Il est un peu tôt pour venir, non ?
— Et toi ?
— Courte nuit, réponds-je en haussant des épaules. C'est pour aller où tout ça ?
— Par là-bas, dit-il en faisant signe avec la main.
— Alors les enfants ? Ça s'est bien passé ?
— Oh tu sais, il y a ceux qui adorent le père Noël et ceux qui pleurent.
— Je vois, ris-je. Je suis désolée, je n'ai pas pu venir hier avec le travail, mais je ferai mon possible pour passer dès que je peux.
— C'est gentil Lucie. Tiens, tu peux les poser là, je les installerai après.

On s'arrête face au trône du père Noël. L'endroit est tout simplement magnifique, magique. Un panneau est planté avec les mots inscrits « *Viens dire bonjour au père noël* » et il faut suivre le chemin fait de tapis rouge pour arriver au fauteuil du père Noël. C'est un énorme fauteuil en velours rouge avec ses contours couleur or. Juste à côté, un immense sapin décoré de toute part avec aux pieds, de faux cadeaux. Puis le chemin, toujours en tapis rouge, continue vers une boîte aux lettres où les enfants peuvent y déposer celles qu'ils ont écrites.

— Non, mais Hervé, c'est magnifique ! Je n'ai pas les mots.
— Merci Lucie, dit-il fièrement.
— Vous avez pu faire ça en une journée ? C'est impressionnant ! Vraiment, Hervé, bravo. J'aurais adoré pouvoir vous aider.
— Ça tombe bien que tu me dises ça car j'ai un petit service à te demander.
— Oui ?
— Que fais-tu ce week-end ?
— Euh, rien en particulier. Pourquoi ? demandé-je curieuse.
— On a un petit contre temps avec la photographe qui est avec nous pour le père Noël, je me demandais si tu voulais bien la remplacer. Juste pour ce week-end, en attendant que je trouve quelqu'un d'autre.
— Je ne pense pas que ce soit une bonne idée …
— Mais tu travailles en agence de mannequins non ? On y fait des photos ?
— Oui, mais ... Je n'ai pas touché d'appareil photo depuis un petit moment maintenant et …
— Ça sera simple. Il n'y a que l'appareil photo que l'on n'a pas, mais pour les imprimantes photo, le trépied et les gadgets, on a tout ce qu'il faut.

Des années que je n'ai pas touché un appareil photo et par moment, ça me manque. Rien que de repenser aux raisons qui font que j'ai arrêté la photo me met une boule dans la gorge. Mais à l'approche de Noël, ne serait-ce pas le moment de recommencer ? Je sais manier un appareil photo, j'ai toujours le mien dans une boîte chez moi, nous sommes en période de préparation des fêtes, j'aime cette ambiance… Hervé sourit, il a compris ce qui se trame dans ma tête.

— À quelle heure samedi ?
— À partir de dix heures jusqu'à midi, puis on reprend à quatorze heures jusqu'à dix-huit heures. Merci, Lucie, dit-il en me prenant dans ses bras.
— Comment dire non à la magie de Noël ?
— Tu as raison, impossible.
— Belle journée, Hervé !

Sourire aux lèvres, je quitte le marché de Noël et me dirige vers un marchand ambulant. Je préfère attendre quelques jours avant d'aller à mon habituel *coin de rue spécial chocolat*, car je sais qu'il me lancera encore un regard noir et je veux être sûre que ma boisson ne soit pas empoisonnée. Je fais attention aux endroits où je pose mes pieds tout au long de la route et j'arrive au bureau sans encombre.

Je pose ma boisson sur le bureau, puis mon manteau et écharpe sur le porte-manteau dans le bureau de Brown, et me prends deux minutes avec mon chocolat chaud dans la main face à la vue que l'on a de notre étage. Ce n'est pas grand-chose, c'est juste une rue passante, mais je trouve ça relaxant de voir la vie se passer sans que personne ne sache que je sois là. Certains passants courent, sûrement en retard, d'autres marchent main dans la main avec leurs enfants. Et moi je suis là, au chaud, buvant un chocolat bien arrosé de chantilly tout en chantonnant des musiques de Noël que j'ai entendu sur le marché et qui me reste en tête. Et ça me permet de ne pas trop me pencher sur les souvenirs qui essaient de ressurgir depuis que j'ai dit que je reprenais la photo le temps d'un week-end.

— Déjà là ?

Mon cœur a un loupé, ma main se crispe sur mon gobelet de boisson. Les yeux fermés, je me retourne doucement. Quand je les ouvre, je vois Brown.

— Désolé, je pensais que vous m'aviez entendu arriver, dit-il en se passant la main dans les cheveux.

Je vais faire une syncope. De un, que fait-il ici à cette heure ? De deux, depuis quand il s'excuse avec moi ? De trois, c'est quoi cette nouvelle manie de faire ça à ses cheveux ? À moins que ce ne soit une manie à laquelle je n'ai jamais fait attention ?

— Lucie ? Vous allez bien ? me demande-t-il en s'approchant de moi.
— Oui, ça va. J'ai juste eu peur. Je pensais être seule à cette heure-ci, donc j'ai été surprise.

Je rêve, où il sourit ? Un tout petit sourire, mais quand même ! Il me rejoint près de la fenêtre et regarde dehors.

— Il se passe quelque chose dehors ? me demande-t-il perplexe.
— Non, pourquoi ?

Je me retourne de nouveau vers la fenêtre. Nous sommes l'un à côté de l'autre, proches. Trop proches par rapport à d'habitude. Je peux sentir son parfum. Il est boisé, frais. Il a dû s'en asperger juste avant de venir. C’est enivrant. Il fait accélérer les battements de mon cœur.

— Regarder la vie sans être vue, je trouve qu'il y a un côté reposant. Presque hypnotisant, réponds-je à mi-voix, troublée, par la situation.

Dans mon angle de vue, je vois bien qu'il fronce des sourcils et que je dois paraître folle à ses yeux. Je me concentre sur les guirlandes lumineuses dans les arbres de la rue. Je sens son regard sur moi.

— Je comprends, répond-il simplement.

Je quitte la rue des yeux pour me tourner vers lui. Je sais que nous sommes proches, mais ça ne m'empêche pas d'être étonnée de notre proximité. D'être l'un en face de l'autre, comme ça, ce n'est clairement pas dans nos habitudes. Il fait une tête de plus que moi, je dois relever la mienne pour pouvoir le regarder. Je peux voir des détails auxquels je n'ai jamais fait attention auparavant. Comme la couleur de ses yeux. Normalement, ils sont bleus, mais quand on y regarde de plus près, autour de l'iris, ils sont beaucoup plus foncés. Je dirais bleu nuit. Et sa fameuse barbe de trois jours qu’il a tout le temps, ça lui donne un côté un peu viril. Sexy.

Stop. Je ne dois pas partir sur ce chemin. Qu’est-ce qu’il me prend ? Je n’ai pas l’habitude d’avoir une conversation aussi banale que celle que l’on vient d’avoir. Je suis chamboulée par son changement de comportement. Oui, c’est ça. Il m’en faut peu pour dériver.

Et où est passée la limite qu'il a avec tout le monde ? Et son air méchant ? Tout en me retournant pour aller m’installer à mon bureau, je le vois me détailler. J’avale difficilement ma salive.

Il se pince les lèvres et part dans son bureau, me laissant seule devant la vitre, ne comprenant pas ce qu'il vient de se passer. Je ne le vois plus de la matinée, jusqu'au moment de partir pour le déjeuner.

— Lucie ? Maintenant ! dit-il sèchement.

Je lui fais un signe de tête pour lui dire que j'ai entendu. Je raccroche le téléphone. Brown a la fâcheuse tendance de ne pas attendre que je finisse mes conversations téléphoniques. Je coche une case de ma to-do List : appeler un magasin de jouets pour l'après-midi « *Noël* », check.

— Raphaël ? demandé-je en me tournant vers mon stagiaire. Si le déjeuner dure plus longtemps que prévu, pourrais-tu commencer à te charger de la boîte pour l'échange de cadeaux ?
— Tu es sûre ? me demande-t-il les yeux ronds.
— Mais oui, ce n'est qu'une boîte, ne t'en fais pas.
— Je ne suis pas très manuel, je ne suis pas sûr du résultat.
— Je n'ai aucun doute ! dis-je en mettant mon manteau. Mais si tu veux, commence par faire les papiers qui iront à l'intérieur et on fera l'extérieur ensemble, d'accord ?
— D'accord, lâche-t-il soulagé.

Bloc-notes et stylo sous le bras, je me dirige vers l'ascenseur où Brown m'attend déjà.

— C'est à ça que servent vos stagiaires ? À faire des travaux manuels ? me demande Brown d'un air sévère.

On est reparti pour un tour. C'est le retour du patron méchant ? Le naturel revient au galop, comme on dit. À moins que j'aie rêvé la trêve de ce matin ?

— Non, pas du tout ! C'est juste qu'il a eu une excellente idée ce matin et j'aimerai le faire participer au maximum, puisque l'idée vient de lui. Donc ça doit passer par un peu de travaux manuels, c'est vrai, réponds-je sans le regarder. Raphaël travaille très bien, je vous rassure.

L'ascenseur est là. Nous entrons et Brown appuie sur le bouton du parking souterrain.

— Nous y allons comment ? Je pensais que c'était juste à côté ?

J'ai dit ça tout haut ? *Merde.* Je sens son regard sur moi, mais je continue de fixer les boutons qui sont allumés.

— Nous y allons en voiture. C'est à l'autre bout de la ville donc c'est plus simple comme ça. Mais vous pouvez y aller à pied si vous le souhaitez.

L'ambiance est glaciale. Si j'avais su, je serais passée par les escaliers, ou même ne pas aller à ce déjeuner. J'ai des choses urgentes à faire, je n'ai pas de temps à perdre avec sa mauvaise humeur.

Le ding de l'ascenseur me fait sursauter. J'en avais oublié où nous étions. Brown sort de l'ascenseur et là, j'ai un mouvement de recul. Il a dit que nous irions en voiture. La sienne ? Ou un chauffeur vient nous chercher ? Les portes de l'ascenseur sont en train de se refermer alors que je suis toujours à l'intérieur. Je sors en une fraction de seconde et rejoins Brown qui marche à grande enjambée jusqu'au fond du parking. Il trifouille dans sa poche de pantalon et en sort une clé de voiture.

— On y va avec votre voiture ? demandé-je d'une voix étranglée.
— Évidemment, pourquoi vous en avez une ?
— Ah, non, mais…
— J'aurais été étonné du contraire, me coupe-t-il, en montant en voiture.

Je prends une grande respiration pour m'empêcher de le planter là et de retourner au bureau. J'ouvre la porte côté passager et un « nuage de Brown » sort de la voiture, ou pour être plus claire, son parfum emplissait l'habitacle du véhicule. Mon cœur se met à battre dans la seconde. Comment suis-je censée me calmer et rester concentrée avec cette odeur ? C'est vrai que son parfum est délicieux, mais j'y fais un peu trop attention depuis deux jours. Je m'installe sur le siège, prends soin de ne pas m'affaler et regarde droit devant en attendant qu'il démarre.

— Ne vous inquiétez pas, je conduis très bien, dit-il en me souriant en coin.

Merde, c'est quoi ce sourire ? Un moment il m'aboie dessus, l'instant suivant il se montre gentil ? Ça va être compliqué cette affaire, c'est pire que les montagnes russes. J'avale difficilement et lui fais un signe de tête. Il doit vraiment me prendre pour une cinglée. Le chemin en voiture prend une vingtaine de minutes pendant lesquelles ni lui ni moi n'ouvrons la bouche. Ça m'arrange car je ne sais plus comment me comporter face à lui.

Pour être honnête, j'ai des tas de questions à lui poser, pourquoi agit-il comme ça ? C'est quoi son problème ? Est-il gentil dans la vraie vie ? Ou est-il un con même avec sa famille et ses amis ? Et pourquoi ces changements d'humeur ? À moins que je les imagine à chaque fois ?

Je suis tellement perdue dans mes pensées que je ne fais pas attention où nous nous arrêtons. En sortant de la voiture, se présente face à moi l'un des plus grands hôtels de la ville. Un voiturier a pris place dans la voiture pour aller la garer. Un maître d'hôtel attend devant à moi en souriant, prêt à aller m'ouvrir la grande porte d'entrée vitrée.

— Bonjour monsieur Brown, dit-il en souriant au boss. Mademoiselle.

Il me fait un signe de tête auquel je réponds par un petit sourire crispé. Est-ce vraiment là qu'a lieu notre rendez-vous de midi ? Je me fige sur place. Pourquoi ne m'a-t-il pas dit où c'était ? Pourquoi n'ai-je pas pensé à demander ? Brown est toujours en costume, donc ça n'a pas pu me mettre la puce à l'oreille. Je m'agace sur le trottoir alors que Brown et le portier me regardent.

— Vous allez bien, Lucie ? me demande Brown.
— Pourquoi ne pas m'avoir dit que le rendez-vous se passait dans un endroit chic ? m'énervé-je.
— C'est si important de savoir l'endroit ?
— Bien sûr que oui, dis-je agacée. Jamais je ne me serai habillée comme ça !

Il se recule légèrement pour regarder ma tenue. Je bous de l'intérieur.

— Elle a quoi votre tenue ? demande-t-il en relevant la tête.
— Sérieusement ?
— Euh .... Oui ?

J'ai conscience que je perds totalement les pédales face à mon boss, toutefois, il a le don pour me faire chavirer et vriller. Mais pourquoi suis-je si énervée d'un coup ? Au fond de moi, je sais que c'est parce que je ne veux pas faire honte à la société. Je travaille dans une agence de mannequinat, je dois être à la hauteur de ce que l'on représente. Sauf qu'à cet instant, je ne veux pas lui faire honte... à lui. Ce qui est totalement idiot. Je me suis mis la pression toute seule avec ce déjeuner.

— Je vous assure que vous êtes parfaite comme ça, dit-il en verrouillant son regard au mien.

Ses yeux bleus sont remplis de douceur et d'un je ne sais quoi. Vraiment perturbant son comportement. Que lui arrive-t-il ?

— Allons-y Lucie, tout ira parfaitement bien.

Il me fait signe de le devancer. J'inspire profondément et me dirige vers le portier qui a, bien évidemment, assisté à toute la scène.

Chapitre 3

L'intérieur de cet hôtel est exactement comme je l'imaginais. De la moquette au sol et de gigantesques lustres de verre au plafond. Et je suis là, à marcher avec mes bottes en fourrure. Je fais tache dans le décor et j'essaie de me faire toute petite. Je suis Brown sans dire un mot, il a l'air de savoir où nous devons aller.

— Bonjour, monsieur Brown, salue une jeune femme à l'entrée du restaurant.

Je la détaille de la tête aux pieds. Elle doit avoir la trentaine, blonde, cheveux impeccablement coiffés en queue de cheval. Maquillée comme une pro, avec une tenue parfaitement clean. Un tailleur jupe dans les tons bleu marine, très classe. Je me dandine sur mes pieds sans même écouter ce que Brown peut lui dire.

Je les suis en mode robot en essayant de ne pas regarder les personnes présentent dans la salle. Je n'ai pas du tout ma place ici. Toutes les femmes dont je croise le regard sont merveilleusement coiffées, maquillées, apprêtées. Alors que ma coiffure se résume à la tresse que j'ai faite hier soir sur cheveux mouillés pour me faire des cheveux ondulés une fois détachés.

La jeune femme nous montre une table préparée pour quatre personnes. Petite réunion donc. Je comprends que je ne sais toujours pas où je vais dans cette histoire. Hier, je n'ai pas demandé où nous mangerions, ni combien nous étions. Je suis totalement à l'ouest, il va falloir que je me reprenne sérieusement en main et que j'évite de faire attention à Brown durant ce déjeuner. Ce qui va être compliqué parce qu'il s'installe juste en face de moi et me fait un sourire en coin.

— Arrêtez de stresser, Lucie.
— Je ne stresse pas, mens-je.
— D'accord, souffle-t-il en se levant de sa chaise. Simon, bonjour, comment ça va ?

Je n'ai encore jamais vu un si grand sourire sur le visage de Brown, ou alors pas assez pour que ça me marque l'esprit. Alors comme ça, il n'est pas si méchant dans la réalité ? C'est juste au boulot qu'il est un glaçon ? Ou juste avec moi ? Je vois Brown ouvrir ses bras pour enlacer ce fameux arrivant. Vous savez, ce genre de câlin viril pour se dire bonjour où on se tape quinze fois dans le dos ? Ce type de câlin-bonjour là. Je regarde la scène, étonnée, et ne peux m'empêcher de détailler le nouveau venu. Un homme de la même tranche d'âge que nous, également en costume, rasé de près, les dents blanches, légèrement bronzé malgré la période. Après quelques secondes de retrouvailles, il se tourne vers moi et avance sa main.

— Bonjour, je suis Simon. Simon Roy.
— Bonjour, je suis Lucie. Lucie Martin, me présenté-je en me levant de ma chaise et serrant la main de Simon.
— Comment vas-tu ?

Je le regarde, les yeux ronds.

— Cela ne te dérange pas que l'on se tutoie ? Nous allons travailler ensemble, autant enlever ces choses superflues, dit-il en s'asseyant aux côtés de Brown.
— Comme vous voulez.
— On va y arriver, ne t'en fais pas, dit-il en me faisant un clin d'œil. Alors, raconte-moi, Josh, quoi de neuf depuis le temps ? demande-t-il à mon boss en se tournant vers lui.

Je suis là, assise en face d'eux, transparente. Ils ont une conversation on ne peut plus banale et pas du tout professionnelle. Je ne comprends rien à ce qui se passe. Un serveur vient prendre nos commandes de boissons et leur discussion reprend de plus belle. Pour éviter de passer pour une curieuse, je me penche sur le menu disposé sur la table. J'ai un coup de chaud quand mes yeux butent sur le prix des entrées. Vingt-quatre euros pour un « avocado-toast » ?

— Désolée pour le retard, dit Mathilde en s'asseyant à côté de moi.

Les deux hommes s'arrêtent de discuter pour se tourner vers Mathilde. Essoufflée de s'être dépêchée, elle tend la main vers Simon.

— Bonjour Simon, comment vas-tu ? L'entretien que j'avais avant de venir a duré plus longtemps que prévu, se justifie-t-elle.
— Bonjour Mathilde, je vais bien, merci. Ne t'en fais pas, nous avons juste commandé les boissons, nous avons notre temps.

Simon reprend sa conversation avec Brown. Je récupère le menu en main et le mets devant moi pour me cacher des garçons, et tourne la tête vers Mathilde.

— Qu'est-ce qui t'arrive ? demande-t-elle en souriant de me voir agir ainsi.
— Mais tu ne pouvais pas me prévenir pour ce restaurant ?
— Je pensais que tu le savais. Pourquoi, c'est si important ?
— T'as vu comment je suis fringuée ?

Elle me regarde en deux secondes, et rit.

— Et alors ? Et moi, tu m'as regardée ?

Je réalise que je n'ai pas fait attention à sa dégaine. Ses cheveux sont électriques et flottants à cause de son écharpe qu'elle vient d'enlever. Elle a un pull similaire au mien, idem pour le pantalon. La seule différence par rapport à moi, c'est qu'elle est en bottines en cuir et non en bottes à fourrure comme les miennes. Je souffle de soulagement, et ris avec elle. Je repose le menu et me fige. Brown me fixe et la conversation entre Simon et lui a l'air d'être terminée. Grillée de rigolade avec ma camarade.

— Qu'est-ce qui est drôle ? demande Simon souriant de toutes ses dents.
— Lucie pense que nous sommes mal habillées pour ce genre d'endroit.

Je la fusille du regard. Mais pourquoi ? Pourquoi elle me fait ça ? Je n'ai déjà pas assez honte comme ça pour qu'elle rajoute une couche en le disant à un homme que je ne connais que depuis cinq minutes ? Mathilde est tout le temps en train de me faire des coups comme ça.

Elle est devenue ma meilleure amie au fil du temps. Avant d'entrer à *Little Brown*, je ne la connaissais que de vue, car elle habite dans ma résidence, donc à part des bonjours aux boîtes aux lettres, dans l'ascenseur et à la fête des voisins, rien d'extra. Jusqu'au jour où j'ai débarqué dans l'agence et qu'on a compris qu'on travaillait au même endroit. Depuis, on ne s'est pas lâchée. On fait des soirées chez l'une et chez l'autre, avec bien sûr son frère jumeau, Lucas. Mathilde est quelqu'un d'adorable, toujours prête à aider son prochain et d'un grand soutien. Mais à cet instant précis, je ne veux qu'une chose : la tuer.

— Il faut rester soit même Lucie, ne changez pas pour un endroit ou une personne, me rassure Simon le plus simplement du monde.

Touchée par ce qu'il vient de dire, j'en perds les mots. C'est à ce moment-là que le serveur apporte nos boissons.

Depuis que nous sommes arrivés dans ce superbe endroit, je fais une fixette sur mon apparence. Moi qui me fiche royalement du regard des autres, je me mets une pression qui est totalement inutile. Mes yeux tombent sur Brown qui regarde son menu et ça me fait tilt. Mon comportement est différent quand il est là. Enfin, pas totalement. Disons que depuis quelques mois, j'ai appris à faire un peu plus attention à moi. Maintenant je me maquille légèrement les yeux, faisant sorte d'être à peu près coiffée. Est-ce qu'inconsciemment je veux lui plaire ? Il faut que je réfléchisse à ça quand je serai chez moi.

— Alors vous prenez quoi ? me questionne Brown.
— Comme vous.
— Très bien, c'est noté. Ça sera prêt dans peu de temps, dit le serveur en nous reprenant les menus.

Génial, je suis tellement dans mes pensées que je n'ai pas entendu le plat qu'il a choisi pour lui. Mathilde et Simon ont déjà entamé la conversation concernant leur fameux projet pour la nouvelle année. Et Brown ne me quitte pas des yeux. Troublée par son comportement, je bois une gorgée d'eau, et me lève.

— Veuillez m'excuser, je reviens tout de suite.

Je risque un coup d'œil à Brown, et bien évidemment, il me regarde toujours. Il a l'air inquiet ou pensif, je ne sais pas. Je lui fais un petit sourire, tellement discret que je ne suis même pas sûre qu'il le remarque. Il faut que j'aille me rafraîchir deux minutes.

Je me faufile entre les tables pour me diriger vers les toilettes. En poussant la porte, je découvre un endroit chic. Comment est-ce possible de mettre un banc en velours bleu dans un endroit comme les toilettes ? Je me positionne devant l'un des trois éviers avec son miroir et me regarde quelques secondes dans les yeux.

— Ça suffit Lucie, faut arrêter tes conneries. Brown est ton boss, il ne va rien se passer. Fais ton travail comme d'habitude, et ça va le faire. D'accord, c'est la première fois que tu le vois autre part qu'à l'agence, et qu'il a l'air un peu plus sympa que la normale. Mais, ça ne sert à rien de paniquer.

Pas très convaincant comme discours. Je mouille une serviette moelleuse, que je ne suis pas étonnée de trouver là, et m'éponge le visage quand j'entends le bruit d'une chasse d'eau. Mais non ? Le bruit d'un verrou qui s'ouvre se fait entendre et j'aperçois dans le miroir le reflet d'une dame sortir du cabinet de toilette trois étoiles. Son regard se pose sur la serviette que j'ai encore dans la main.

— Dure journée ?
— Un peu oui, lui réponds-je, gênée.
— C'est votre boss qui vous fait tourner en bourrique ?
— Comment vous savez ?
— J'ai entendu votre petit discours. Je ne sais pas qui est ce fameux… Brown, c'est ça ? Mais parfois, lâcher prise a du bon.
— Désolée, je pensais être seule. Je n'ai pas fait attention, et je…
— Ne vous excusez pas très chère, me coupe-t-elle. Je me permets juste de vous partager quelque chose.

Elle se lave puis se sèche les mains et se rapproche de moi. Je me permets de la regarder trois secondes. Elle est habillée d'une robe chic grise légèrement pailletée qui lui cache les pieds. Ses cheveux perle sont fixés dans un joli chignon, et elle a des boucles d'oreilles pendantes.

— Hervé était mon directeur, et jamais, ô grand jamais, il ne fallait sortir avec son patron à mon époque, dit-elle en souriant. Mais devinez.
— Vous l'avez quand même fait ?
— Désormais, ça fait quarante ans que nous sommes mariés. Donc parfois aller à l'encontre de nos règles a du bon.

Elle me sourit une dernière fois en me tapotant la main, et s'en va tout simplement des toilettes. Qu'est-ce qu'ils ont tous à faire des allusions sur ma vie ? Tout à l'heure, Simon par rapport au physique et au jugement. À présent, cette dame concernant mes histoires de cœur. Enfin, je n'ai jamais parlé d'histoire de cœur concernant Brown, je dois arrêter de me monter la tête pour un rien.

Je jette un dernier coup d'œil à mon reflet dans le miroir, et décide qu'à partir de maintenant je vais tout donner. Que ce soit pour le côté personnel ou le côté professionnel, la nouvelle Lucie va tout défoncer ! Et ce n’est pas Brown qui va m’en empêcher !

Chapitre 4

Confiante, je retourne m'asseoir à table. Simon et Mathilde sont toujours en pleine discussion et Brown remercie le serveur. Quand ce dernier se recule, je remarque sur la table mon plat posé à ma place. Ou plutôt devrais-je dire mon entrée. Un avocado-toast. *Génial.*

— C'est ça que vous aviez choisi comme entrée ? demandé-je à Brown d'une petite voix en m'asseyant.
— Oui, pourquoi ?

Je n'ose pas répondre, je vais forcément passer pour une idiote. C'est comme si la confiance que j'avais acquise durant les trois dernières minutes aux toilettes venait de s'effondrer en une fraction de seconde.

— Rien en particulier, bon appétit, dis-je en prenant ma fourchette.

Bon, quand il faut y aller... Pour être clair, je n'aime ni les crevettes ni l'avocat, alors les deux ensemble, l'extase ! Je prends un petit peu de la purée d'avocat sur le bout de ma fourchette et l'approche lentement de ma bouche. Je retiens ma respiration, et la mets dans la bouche. Ça a l'air d'aller, la texture n'est pas bizarre. Peut-être que j'aime ça finalement ? Mais au moment où je reprends ma respiration, le goût de l'avocat est beaucoup plus fort et j'ai un haut-le-cœur. Je fais tomber ma fourchette en voulant prendre mon verre d'eau, ce qui me fais sursauter et ma main loupe le verre, le faisant tomber... en direction de Brown.

Une éternité. C'est le temps qu'il a fallu au verre pour tomber et pour voir l'eau se renverser sur Brown. Comme si la scène s'était passée au ralenti. Je n'ai qu'une envie, disparaître et ne jamais revenir. Je reste là, sans bouger pendant que Simon se marre et que Mathilde donne toutes les serviettes possibles à Brown pour se sécher. Un serveur arrive quelques secondes plus tard pour lui venir en aide, mais Brown le rembarre poliment.

— Je… Je m'excuse, bafouillé-je.

Il lève les yeux vers moi, et il se met à rire. Mon Dieu, c'est quoi ça ? Je m'attendais à ce qu'il me foudroie sur place et… il rit ? Incroyable, mais vrai.

— Lucie ce n'est pas grave, ça arrive.

Après avoir limité les dégâts, je lui donne mon assiette, car la sienne est remplie d'eau. Je prends l'excuse que l'incident m'a coupé un peu la faim. Imaginez la honte s'il apprend que je n'aime tout simplement pas l'avocat et que toute cette scène est à cause de ce détail gênant ? Ma nouvelle confiance est réellement restée aux toilettes. La conversation reprend son cours. Après quelques instants, je me mets en mode pilotage automatique pour oublier ce qu'il vient de se passer, et je donne mes idées concernant ce projet de nouvelle année.

Hormis l'incident de l'avocado-toast, tout se passe pour le mieux. Avec Simon, nous sommes souvent sur la même longueur d'onde et avons les mêmes idées. Mathilde doit partir en quatrième vitesse juste après le plat, dans la mesure où elle a un autre rendez-vous qui l'attend à l'agence et Simon, est en train de faire une dernière recommandation à Brown avant de partir également.

— Josh, si jamais Lucie ne reste pas dans ton équipe, je te préviens, elle vient chez moi !

Il me fait un clin d'œil, un dernier tapotage de main sur l'épaule de Brown, et il part en dégainant son téléphone. Le serveur fait son apparition avec les menus des desserts.

— Un dessert peut-être pour messieurs-dames ? demande-t-il en remarquant les invités manquants.
— Oui.
— Non.

Nos regards se croisent un millième de seconde. Il sourit. On vient à l'instant de répondre en même temps deux réponses opposées. J'ai pour habitude de toujours manger un dessert quand je vais au restaurant, mais là, je trouve ça bizarre de ne rester qu'avec mon patron comme si c'était une situation banale.

— Nous allons prendre un dessert, dit Brown en tendant la main pour récupérer les menus.

Je récupère la carte et fais semblant de la lire. J'ai déjà choisi mon dessert la toute première fois que j'avais regardé la carte. À dire vrai, c'est toujours la première chose que je choisis quand je regarde un menu.

— Un coulant au chocolat, s'il vous plaît, dis-je en fermant le menu.

Brown lève la tête de son menu pour me lancer un regard étonné. À mon avis, il ne s'attendait pas à ce type dessert.

— Une salade de fruits pour moi.
— Très bien, je vous ramène ça tout de suite.

Le serveur part, nous nous retrouvons seuls.

— Je vous présente mes excuses pour le verre d'eau, dis-je tout bas en montrant sa chemise d'un geste de tête. Et pour le chocolat hier, je n'ai pas eu l'occasion de m'excuser.
— Peut-être bien qu'hier je vous en voulais pour le chocolat sur mon manteau, mais en deux minutes, c'était déjà oublié.
— Ah bon ? questionné-je, surprise.

— Oui, je sortais d'un rendez-vous, j'étais un peu préoccupé et bon, qui aime se prendre une boisson chaude sur le manteau ? Et dès le matin, qui plus est ?

— C'est vrai... réponds-je en souriant. Vous étiez en rendez-vous dès le matin ? Avant huit heures ?

— Oui, dit-il simplement.

Quel rendez-vous peut-il avoir avant la journée de travail ? À moins que ce soit un rendez-vous petit-déjeuner mais il n'a jamais fait ça. C'est sûrement un rendez-vous avec une femme, quoi d'autre à cette heure-là ? C'est logique, un mec comme Brown ne peut pas être célibataire.

— Je ne suis pas en couple, annonce-t-il comme s'il avait entendu mes interrogations.

— Ça ne me regarde pas monsieur, vous faites ce que vous voulez le matin. Même le reste de la journée.

— Je trouve que si, ça a une importance que vous le sachiez.

Je ne peux en savoir plus, car le serveur nous interrompt avec nos desserts. À la vue de mon coulant au chocolat, je salive dans la seconde. Je prends ma cuillère et je me jette dessus.

— C'est bon ?

Je n'ai même pas remarqué que Brown m'observait. Je dois avoir fière allure à engloutir mon dessert. Je prends le temps de boire une gorgée d'eau avant de lui répondre.

— Délicieux, parfait, un vrai régal.
— J'étais sûr que vous alliez prendre un dessert au chocolat.
— En même temps, souvent dans les desserts, c'est soit chocolat soit fruits, dis-je en montrant nos deux assiettes l'une après l'autre. Vous aviez une chance sur deux.
— Impossible pour les fruits, vous aimez trop le chocolat pour ne pas en prendre à la fin d'un repas. Surtout quand vous allez au restaurant, j'en suis certain.

Il prend doucement un morceau de kiwi et le ramène à sa bouche. Je vois dans ses yeux qu'il se sent triomphant. En même temps, quatre personnes sur cinq aiment le chocolat, je ne vois pas pourquoi il se pavane comme ça.

— Et moi, j'étais sûre et certaine que vous alliez prendre un truc tout simple... comme une salade de fruits, lui rétorqué-je en montrant son dessert d'un coup de menton.
— Ah bon ? Et pourquoi ça ?
— Avec le corps que vous avez, dis-je en le pointant de ma cuillère, et je sais aussi que vous allez à la salle de sport plusieurs fois par semaine, c'est logique que

vous ne risquiez pas de tout faire rater avec un dessert au chocolat.

Contente d'avoir retrouvé de la confiance et surtout de la répartie, je prends une nouvelle cuillère remplie de chocolat coulant pour la dévorer. Je m'arrête à mi-chemin de ma bouche quand je percute les mots que je viens de dire à mon boss. Pitié, dites-moi que je n'ai pas clairement dit qu'il a un corps parfait ? Mais vu son sourire, c'est sûr que j'ai parlé sans réfléchir.

— Merci pour le compliment Lucie, mais au risque de vous surprendre, ce n'est pas à cause de mon corps que je ne mange pas de chocolat. Puis je ne me prive jamais de manger quoi que ce soit parce que je fais du sport. Juste, je n'aime pas le chocolat.
— Hein ? dis-je en écarquillant les yeux.
— Aussi absurde que ça puisse paraître, je n'aime pas le chocolat.

Il se met à rire. Deuxième fois ce midi qu'il rit. Tout à l'heure, je n'ai pas fait attention, mais son rire est doux, chaleureux. Ses yeux pétillent. Ça sent mauvais pour moi si je commence à détailler ses moindres mimiques et surtout, à faire attention si ses yeux brillent dès qu'il rit.

— Ce n'est pas grave, ça en fera plus pour moi.

Son rire redouble et finit de m'achever. Si ce matin on m'avait dit que j'allais avoir ce type de conversation avec mon patron, jamais je ne l'aurais cru. La fin du déjeuner se passe tranquillement avec des conversations aussi légères que celle du chocolat. Il paie l'addition et nous nous retrouvons de nouveau devant sa voiture. Je n'avais pas fait attention mais il a une belle voiture, assez classe.

— C'est la vôtre ou celle de l'agence ? demandé-je en m'installant sur le siège en cuire.
— La mienne. Pourquoi, vous voulez la même ?
— Ah non, c'est juste qu'elle est jolie.

Il tourne la tête vers moi, et me fait un sourire en coin. *Bordel.*

— Jolie ?
— Bah quoi ?
— Pour parler de voiture, vous utilisez le terme « joli » ?
— Je ne m'y connais pas du tout en voiture donc à part vous dire que je la trouve jolie ou non, je ne pourrai rien vous dire de plus. Oh si, elle est confortable aussi.
— Vous m'épaterez toujours Lucie.

Il rit de nouveau, met le contact, et nous prenons la route pour rentrer à l'agence. Je regarde la ville défiler à la fenêtre, perdue dans mes pensées. Nous sommes dans un silence agréable et je suis bien. La radio est allumée en fond et j'entends doucement la chanson qui passe. Ça parle de sentiments, chose interdite. Je risque un coup d'œil à Brown, et je comprends que ça va se compliquer pour moi.

Est-ce que je suis doucement en train de craquer sur mon patron ? Tout à fait. Est-ce que je viens seulement de comprendre que j'avais toujours été attirée par lui ? Tout à fait. Du coup, est-ce que je suis dans une merde énorme ? Tout à fait.

Chapitre 5

Jeudi 3 décembre

Depuis le déjeuner de mardi, je n'ai pas recroisé Brown puisqu'il était en rendez-vous à l'extérieur. Il ne sera de retour au bureau que le lendemain puisqu'il doit voir des clients directement dans une autre agence avec Simon, pour le projet de fin d'année. C'est le moment ou jamais de décorer convenablement mon bureau.

Il y a une semaine déjà, j'ai décoré un peu les couloirs et la salle de réunion. J'ai juste mis un tout petit sapin sur le bord de mon bureau. Vraiment ridicule d'ailleurs. Avec la réaction de Brown face au sapin de la salle de réunion, j'ai décidé de me la jouer discrète. Mais c'est plus fort que moi, je veux faire les choses en grand pour mon coin bureau. Ce matin, je suis venue plus tôt afin de pouvoir me faire une pause déjeuner un peu plus longue pour avoir tout le loisir de faire ça. L'autre option est de rester plus tard ce soir pour le faire, mais pour profiter de cette décoration le plus possible, c'est maintenant ou jamais.

J'ai apporté un sapin qui a déjà les guirlandes clignotantes intégrées sur les branches, beaucoup plus pratique ici. J'ai également pris le reste des décorations que je n'ai pas mises chez moi, c'est-à-dire des boules rouges, blanches et de petites choses en bois. Classique et très basique, mais rien de tel que du rouge pour faire appel à la magie de Noël. J'ai même apporté de faux petits cadeaux pour mettre au pied du sapin, ainsi qu'un plaid aux couleurs rouges et blanches que je positionne immédiatement sur le dossier de ma chaise de bureau.

Raphaël est parti manger un sandwich dans une boulangerie au coin de la rue, j'ai donc tout le loisir d'écouter Mariah Carey en fond pour me mettre parfaitement dans l'ambiance. Je grignote les snacks que j'ai pris tout en mettant mes décorations. Jusqu'au moment où j'entends tousser derrière moi. *Oh non.* En me retournant, je fais tomber la boule que j'ai entre les mains et me retrouve nez à nez avec Brown. Prise la main dans le sac de décoration intensive.

— Vous êtes là ?
— Bonjour Lucie.

Son visage est sérieux, son côté boss sévère est là, mais dans son regard, je vois bien qu'il trouve cette situation plaisante. Troublée, je m'abaisse pour récupérer la boule qui est tombée entre nous deux. Il fait de même et récupère la boule avant moi.

— Je pensais que vous aviez déjà fait les décorations ? déclare-t-il en se relevant.

— Pas tout à fait.

— Vous avez attendu que je ne sois pas là pour finir ?

— Peut-être bien, mais ce n'est pas grand-chose, vous savez.

Mes yeux parcourent mon bureau, le terme *pas grand-chose* n'a sans doute pas la même définition pour lui que pour moi. Je n'y suis pas allée de main morte avec la décoration. J'ai un plaid sur la chaise, un tapis de souris complètement kitch avec écrit *Merry Christmas,* et j'ai toujours mon mini sapin sur le bout du bureau ainsi qu'un trio de boules à neige. Mariah Carey est en boucle sur mon écran d'ordinateur. Le fameux sapin clignotant est posé dans le coin juste à côté du bureau de Raphaël, et des stickers flocons de neige sont collés sur la fenêtre.

— Pas grand-chose ? demande-t-il en regardant ma tenue.

Pour couronner le tout, j'ai mis une tenue qui colle parfaitement avec le décor. Mon pull est rouge et blanc, mais surtout du même motif que le plaid que j'ai amené. Très Noël donc.

— Vous avez raison, je pense aussi que le pull était de trop.

J'ai dit ça le plus sérieusement du monde et il se met à rire. Mon cœur fait un bond. Il me tend la main pour me rendre la boule de noël qu'il tenait toujours. Nos doigts se frôlent une seconde et pourtant, mon cœur se met à battre davantage.

— Pourquoi êtes-vous là, au fait ? demandé-je pour faire diversion à ces sensations étranges à son contact.
— J'ai oublié un dossier important pour la réunion de cette après-midi, mais je ne regrette pas de l'avoir oublié, sinon je n'aurais jamais vu votre beau pull, répond-il en souriant.
— Est-ce que vous êtes sérieusement en train de vous moquer ?
— Peut-être.

Il se tourne et va dans son bureau. Je le suis, jouant avec la boule entre mes mains et me met contre le battant de la porte. Il cherche ce dont il a besoin parmi une montagne de dossiers qui sont posés sur le bout de son bureau.

— Est-ce que vous saviez qu'une journée « pull de Noël » est prévue ?
— Vous avez le don pour utiliser des termes inappropriés ?
— Pardon ?
— Ce sont des « pulls moches », dit-il en levant les yeux vers moi, d'un air moqueur
— Ça y est, c'est reparti.

— De quoi ?

Il arrête de chercher son dossier et attend que je m'explique.

— Chaque année, c'est pareil. Avec ma sœur, nous avions toujours des reproches.
— Pour des pulls moches ?
— Non, pour les pulls de Noël. Nous ne les avons jamais trouvés moches donc chaque année c'était pareil, on se bataillait pour dire qu'ils étaient beaux.
— Et vous y arrivez ?
— J'ai arrêté de me battre pour ça.

Il ne sourit plus du tout, et moi non plus. L'ambiance s'est alourdie. Parler de pulls moches de Noël me rappelle trop de bons souvenirs, mais ça fait mal. Je fixe la boule entre mes mains incapable de regarder Brown après cette petite révélation.

— Voulez-vous dîner avec moi ce soir ?

Retournement de situation. Nouveau bond dans ma poitrine. Dîner ? Sérieusement ?

— Tout ce qu'il y a de plus professionnel, je vous assure. Mais ça me permettra de vous faire un retour sur ce qui vient de se passer avec Simon.
— Euh…
— Je sais que ce n'est pas du tout votre priorité ni même votre dossier de base, mais étant donné que vous

étiez là mardi au déjeuner, je pense que ça peut être intéressant pour vous de voir l'avancée.
— Bien sûr, vous avez raison.

Il trouve ce qu'il cherchait, et se dirige vers moi qui suis toujours posée contre le battant de porte.

— Bien, je viendrais vous chercher tout à l'heure dans ce cas.

Un petit sourire en coin pour la route, il part en laissant flotter son parfum derrière lui. Mon cœur repart de plus belle. Pour l'ignorer, je ferme la porte, me dirige vers le sapin pour y mettre la boule, et me remets à travailler directement.

Quand Raphaël revient de sa pause déjeuner, il n'est même pas étonné de voir toutes les décorations que j'ai installées. Il dit juste :

— J'adore l'ambiance que tu donnes à notre espace.

Il me tend un sachet en papier avec l'enseigne de la boulangerie du coin marqué dessus. Il m'a apporté un goûter. J'adore tout ce qu'ils font, je suis donc plus que ravie de cette petite attention.

— Tu sais que j'adore ça ? dis-je en prenant la mini brioche dans le paquet.
— Les brioches ?
— Je dirais même que ce sont mes préférées, ajouté-je, l'eau à la bouche.

— Ils en font toute l'année ou juste en période des fêtes ?
— Oh, non, toute l'année, mais à chaque fois ils changent la forme. En y réfléchissant bien, je crois bien que je me régale le plus en cette période.
— Laisse-moi deviner, celles en forme de sapin sont tes préférées ?
— Bingo, dis-je en riant. Tu commences à me connaître. Mais ce que j'adore le plus, c'est quand tu les prends et qu'elles viennent juste de sortir du four. Avec cette bonne odeur de brioche chaude, les pépites de chocolats qui fondent. Un délice j'te dis !

À peine ai-je croqué un bout dans la brioche, que cela me projette dans mes souvenirs. Cette boulangerie, je la connais depuis des années, même si je ne travaillais pas dans le coin, c'était le cas pour ma sœur. Un midi, je lui avais fait la surprise de venir la voir pour sa pause repas, et nous avions mangé là. Et après, ce fut notre QG du midi et parfois, pour les goûters. Depuis, j'ai du mal à y aller, sauf à certaines dates, comme pour être avec elle.

— C'est vrai que c'est délicieux, confirme Raphaël la bouche pleine.
— Je te l'avais dit !

Le reste de l'après-midi passe à une vitesse folle. Avec Raphaël, nous avons bien avancé sur nos deux évènements, j'en suis ravie. Il part vers dix-huit heures. Sans savoir à quelle heure Brown doit venir me chercher, je continue de travailler. Passé dix-neuf heures, je m'accorde une petite pause. Je mets des chansons de Noël en fond et me tourne vers le sapin qui clignote et me perds dans mes souvenirs. Je me doutais bien qu'arriver qu'à cette période, ça allait être compliqué, mais parler des pulls moches, ajouté à ça la brioche aux pépites de chocolat, ça fait beaucoup pour la même journée. Je ne peux m'empêcher de verser quelques larmes.

— Désolée, Lucie, je n'ai pas pu me libérer plus tôt.

Je me fige sur ma chaise. Je n'ose plus bouger, que va-t-il se dire en me voyant dans cet état ?

— Lucie, vous m'avez entendu ?

J'entends ses pas sur la moquette, il doit sans doute faire le tour de mon bureau pour me rejoindre. Je prends une grande inspiration, m'essuie les yeux avec un mouchoir déjà trempé, et me tourne vers lui comme si de rien n'était.

— Vous voilà déjà ? demandé-je en souriant.

Vu la réaction de Brown, mon sourire ne doit pas être convaincant. Il a un mouvement de recul, puis il fronce des sourcils, inquiet.

— Qu'est-ce qui se passe ?
— Rien de particulier, vous avez réservé dans quel restaurant ? voulu-je savoir pour faire diversion.

— Il se passe quelque chose, je le vois bien, je ne suis pas idiot Lucie.
— Il y a un restau sympa pas loin d'ici si vous voulez ?

J'esquive son regard, je ne veux pas en parler. De toute façon, à ce moment précis j'en suis incapable, puis c'est mon boss. Il n'a pas à connaître ma vie personnelle. Point final. J'éteins la musique, mon écran d'ordinateur, et passe mon manteau. Je n'oublie pas d'éteindre le sapin. Brown reste là, sans bouger en me regardant. Je vois bien qu'il veut faire quelque chose, mais il ne sait pas quoi exactement. Si je suis encore là à cette heure-ci, c'est pour travailler. Je mets de côté toutes pensées et sentiments personnels, et me mets en mode travail.

— Vous avez un endroit préféré peut-être ?
— J'ai réservé un restaurant ce midi en partant d'ici. J'espère que ça ira pour vous, dit-il, un peu sonné.
— Oui, pas de soucis, le principal c'est de pouvoir parler de Simon et de la fin d'année.

Il s'écarte et me fait signe de passer devant lui. Notre espace, à Brown et moi, est au bout de l'étage. Il faut donc traverser l'open space pour pouvoir rejoindre l'ascenseur. En marchant dans l'allée principale, j'inspire profondément pour m'aider à passer au-dessus de ce qui vient de se passer. En attendant l'ascenseur, je me tourne vers Brown. Il a l'air inquiet pour moi, je dois le rassurer.

— Je suis désolée pour ce moment gênant, je ne pensais pas que quelqu'un allait arriver. Enfin, disons que ce n'était pas voulu, et je me suis perdue dans mes pensées.

— Je comprends, ça peut arriver.

— Oui, mais…

— Lucie, oublions ça en passant une soirée tranquille.

Le ding de l'ascenseur retentit. Il me fait un sourire timide, pose sa main sur le bas de mon dos pour m'inciter à le suivre dans l'ascenseur. Il appuie sur le bouton du parking et les portes se referment. Il arbore toujours son sourire, cependant je vois bien dans son regard qu'il est préoccupé.

— Merci, dis-je tout bas.

— Je ne vois pas de quoi.

Il me fait un clin d'œil, nouveau ding, les portes s'ouvrent et nous nous dirigeons vers sa voiture.

Chapitre 6

Le trajet se fait dans le silence. Habituellement, je suis une grande bavarde, car les silences ont toujours un côté pesant, mais avec Brown c'est différent. Il n’y a pas ce côté gênant. Ça a un côté... apaisant. Je regarde par la fenêtre les décorations de Noël de la ville. Petite, j’étais toujours émerveillée et je ne comprenais jamais pourquoi on ne les laissait pas toute l'année. À présent, je sais que c’est pour être toujours émerveillée quand on les ressort.

Brown se gare, coupe le contact et sort de la voiture. Je fixe le restaurant devant lequel nous nous sommes arrêtés. Brown m'ouvre la porte, mais je ne bouge pas pour autant.

— Vous n'aimez pas, c'est ça ?

— Vous plaisantez ? C'est ce que je préfère !

Sourire aux lèvres, je sors de la voiture. Brown a l'air soulagé. On s'avance, marchant à l'unisson vers le restaurant et je ne peux m'empêcher de lui dire le fond de ma pensée.

— Jamais je n'aurais pensé manger là avec vous.
— Pourquoi ?
— Hier midi, nous avons mangé un avocado-toast à vingt-quatre balles, lui rappelé-je. Et là, vous m'amenez ... au chinois ?

Il s'arrête, fait semblant d'être blessé au cœur en mettant sa main sur la poitrine.

— Soldat blessé, je répète soldat blessé.
— Non, mais soyons honnête Brown, vous n'avez pas le profil pour aller dans ce type d'endroit.
— Soldat à terre, dit-il en éclatant de rire.

Est-ce qu'à chaque fois mon cœur va tressauter quand je vais l'entendre rire ? Ça fait plusieurs fois en peu de temps, ça en devient flippant.

— Appelez-moi Joshua.

Je m'arrête net. C'est à mon tour de mettre la main sur la poitrine. Mon cœur va exploser, ce n'est pas possible.

— Vous m'avez appelé Brown, c'est bizarre non ?
— Euh… c'est votre nom, non ?
— Je veux dire, nous ne sommes plus censés travailler, même si nous sommes là pour ça, ajoute-t-il précipitamment. C'est juste que c'est un peu agaçant, à force, les *« Monsieur »* ou les « *Brown* », notifie-t-il en mimant des guillemets avec ses doigts.
— D'accord, dis-je en riant.

— Allons manger, j'ai faim.

Il pose sa main dans le bas de mon dos et nous entrons dans le restaurant. Ce qu'il ne sait pas, c'est que c'est mon restaurant chinois favori. J'y viens tout le temps, minimum une fois par semaine. À tel point que la fille de l'accueil me connaît, et que l'on s'appelle mutuellement par nos prénoms.

— Bonsoir, Lucie, bonsoir monsieur.
— Bonsoir, Li-Na.

Brown ou plutôt Joshua, me lance un regard perplexe.

— Je vous expliquerai après, lui dis-je simplement. Mon patron ici présent a réservé au nom de Brown, continué-je en m'adressant à Li-Na.
— Exact, répond-elle en regardant son ordinateur. J'avais prévu une table, mais si tu veux, tu peux t'installer comme d'habitude.
— Merci, Li-Na.

C'est un petit restaurant d'une cinquantaine de couverts, séparé en deux parties. Dans la salle principale, il y a le buffet et quelques tables ; de l'autre côté se trouvent d'autres places assises. Je trouve que manger près du buffet a un côté plus chaleureux. J'adore cette partie-là du restaurant.

— Alors ? fait-il, curieux.
— Je viens tout le temps ici, disons que j'ai mes habitudes.

— J'avais remarqué, mais pourquoi manger aux tables juste à côté du buffet ? Pour être sûr d'y avoir accès facilement ? demande-t-il, l'air moqueur.

— Vous avez le don de croire des choses sur moi totalement fausses.

Je fais semblant d'être vexée alors qu'une serveuse vient prendre commande de nos boissons.

— Je trouve ça juste drôle de voir ce que les gens aiment prendre dans leur assiette. Ils ont tendance à en mettre des tonnes.

Je lui fais signe de la tête pour lui montrer en direct mes dires. Un homme et une femme sont en train de se servir et les deux font la même chose. Dans leurs assiettes, tout se mélange. Les rouleaux de printemps, le canard laqué et les crevettes épicées. La femme réussit même à déposer sur le dessus un ravioli cuit vapeur. Chapeau, madame.

— Comment fais-tu alors ?

La serveuse arrive au même moment. J'ai rêvé où il m'a tutoyé ? Elle dépose nos boissons et disparaît.

— Je fais plusieurs assiettes. Une avec les fritures, comme les nems et les samoussas, ainsi que des poulets rôtis grillés. Ensuite, je me fais une assiette avec principalement du riz cantonais avec des boulettes de poulet caramélisées, je racle même le plat pour avoir le plus de sauce possible, expliqué-je le plus sérieusement du monde. Et enfin, je prends une dernière assiette pour le dessert.

— Intéressant.

— Croyez-en mon expérience, dis-je, l'eau à la bouche.

— J'en étais sûr...

— De ?

— Que tu n'allais pas vouloir me tutoyer.

— Ah...

— Ce n'est pas grave, ça viendra. Je vais tester ton astuce d'assiette pour voir !

— Pourquoi, d'habitude vous faites comment ?

Il ne répond pas.

— Vous faites une montagne, c'est ça ?

— Grillé.

Nous nous levons en riant. Il me suit et fait tout comme moi. Le même nombre de nems et samoussas. De retour à table, la conversation s'oriente sur le travail. Joshua me confie qu'avec Simon, ils ont pris le parti de suivre les conseils et idées que j'avais donnés lors du déjeuner. Je suis contente et ça me donne confiance dans le travail que je fais. Mais il en profite pour m'avertir qu'il y a également des nouveautés.

— Attendez que je récapitule tout, reprends-je au bout de quelques minutes. Il y a un concours de chant, que Simon gère. Et nous, *Little Brown*, nous suivons les candidats pour partager leurs parcours sur les réseaux sociaux. Ça, c'était ce qui était prévu. Mais, vous voulez carrément faire des clips ?

— C'est ça. Ça fait plusieurs mois que j'y réfléchis et je pense vraiment que *Little Brown* doit s'agrandir. On doit aller plus loin que la photo.

— Je suis d'accord, même si *Little Brown* excelle dans la photo, il faut toujours voir plus loin. Mais de là à faire de la vidéo …

— C'était pour ça mes rendez-vous depuis deux jours, se justifie-t-il. Avec Simon, nous avons rencontré des vidéastes, mais aussi des scénaristes. J'ai déjà vu pour acquérir un nouvel étage dans le bâtiment, afin d'agrandir nos locaux. Concernant les vidéastes, j'hésite entre deux et pour pouvoir les départager, j'ai décidé de les engager sur les deux évènements que tu prépares.

— L'après-midi « Père Noël » et la soirée de Noël ?

— Oui. Dans tous les cas, ça nous permettra d'en garder un souvenir. C'est la première fois que nous faisons une après-midi Noël pour nos petits mannequins, je suis sûr que les parents seront ravis d'en garder un souvenir.

Il n'a pas tort, c'est sympa d'en garder un souvenir. Puis, si avec mes évènements, *Little Brown* arrive à s'agrandir, ça serait bête de ne pas le faire.

— C'est pour ça que je t'avais conviée au déjeuner de mardi et que je t'en parle ce soir, dit-il en buvant une gorgée de sa boisson. Ce n'est pas ton dossier et normalement je n'aurais même pas dû t'y inclure, mais inconsciemment, je pense que j'avais un peu lié les deux depuis le début.

— Je vais les ajouter aux programmes, pour être sûre de ne pas les oublier. Mais est-ce que le gagnant aura toujours un contrat chez nous ?

— Oui, totalement. Un an de contrat avec nous pour toutes ses photos, que ce soit pour son album ou juste s'il a besoin de photos presse. En prime, on fera son premier clip ainsi que les vidéos promo pour la télé.

— Waw, sacré gain.

— Oui, je suis content. Bon, on va se resservir ?

— Ah non, je vais exploser moi, dis-je en massant mon ventre.

— Tu gardes de la place pour le dessert, c'est ça ?

— Peut-être, souris-je.

Il part se resservir une énième assiette le sourire aux lèvres. J'en profite pour l'observer. À quel moment a-t-il changé ? Quelques jours en arrière, c'était un mec glacial qui ne faisait pas d'efforts. Maintenant, il passe son temps à faire des sourires en coin, à me regarder, et même à rigoler.

— Tu penses à quoi ? demande-t-il en s'asseyant.

— À toi.

Il écarquille les yeux une petite seconde, certainement étonné de me voir le tutoyer et d'être honnête, mais c'est sorti tout seul. Puis, il faut que je sache ce qui se trame.

— Ah ? Vu ta tête, tu avais l'air soucieuse, donc dis-moi.
— Pourquoi tu es devenu si sympa avec moi ?
— Sympa ? Avant j'étais un con, c'est ça ?
— En tant que personne, un peu, oui, risqué-je.
— Outch.
— En tant que patron, tu es parfait, me précipité-je. Mais en tant qu'être humain, je t'assure que tu peux faire des efforts.

Ma réponse le fait tiquer. Il engloutit une nouvelle bouchée et prend son temps pour la mâcher, comme pour réfléchir à ce qu'il va pouvoir me répondre à la suite de cette pique. L'ambiance de la soirée n'est plus la même. En quelques phrases, nous sommes passés d'un registre très professionnel à quelque chose de très personnel, voire trop personnel.

— Je ne suis pas un con.
— Je…
— Attends, dit-il en levant le doigt pour me faire taire. J'ai toujours été distant avec tout le monde. Ce n'est pas toi spécialement. Disons juste qu'avec toi, je suis peut-être un peu plus froid que d'habitude, c'est vrai, admit-il.
— Je ne comprends pas.

— Même là, normalement je n'agis pas comme un ado qui a peur de se dévoiler, c'est du n'importe quoi.

Il se passe la main dans les cheveux, perdu.

— Écoute, je ne peux pas me laisser aller avec toi.
— Pardon ?
— Tu es mon assistante et on doit garder une relation professionnelle.

J'ai du mal à avaler ma salive. Je le regarde, muette, face à ce qu'il vient de dire. Ses yeux ont encore changé, ils tirent plutôt sur le bleu foncé à présent. Ses cheveux sont en bataille, le nœud de sa cravate est légèrement défait. Stop, je ne dois pas le regarder comme ça.

— Avoir une relation avec quelqu'un du travail n'est plus envisageable pour moi.

Comment ça « plus » ? Est-ce que ça veut dire qu'il a déjà eu une relation avec une collègue auparavant ? Quand ça ? Pourquoi ça s'est terminé ? Est-ce qu'il envisage une relation avec moi ? Depuis quand ? Trop de questions en tête, ça doit s'arrêter.

— Dis quelque chose, Lucie.
— D'accord, dis-je, toujours choquée de cette petite révélation.
— D'accord ? C'est tout ?
— C'est un peu soudain tout ça.
— Tu n'as pas de question ?

— Pourquoi me dire tout ça ?

— Je ne veux pas que tu penses que je suis un mec horrible, réplique-t-il simplement.

— C’est un peu tard, non ? Pourquoi agir comme ça avec moi ?

— Je te l'ai dit, je ne peux pas risquer une nouvelle relation avec quelqu'un du bureau. Le seul moyen que j'ai trouvé pour te tenir à distance, c'est d'être un parfait connard envers toi.

— Tu as réussi.

Je me lève et pars en direction des desserts. Il me faut une pause dans cette conversation. Si on m'avait dit ce matin que ce soir je mangerais avec mon boss, qu'il fallait que je l'appelle par son prénom et qu'après, il me parlerait de ses relations personnelles, j'aurais cru à une caméra cachée. Je remplis une assiette avec des mini éclairs, des macarons framboise ainsi qu'une boule de glace à la pistache. Avant de retourner à table, je respire un coup, et me force à me rappeler que c’est mon patron.

— Glace à la pistache ? demande Joshua comme si la conversation juste avant n'avait pas eu lieu.

— C'était la glace préférée de ma sœur. Je n'ai jamais aimé, jusqu'à ce que je goûte à nouveau il y a peu et maintenant, c'est devenu celle que je préfère parmi toutes.

— Qu'est-ce qui fait que maintenant tu l'aimes cette glace ?

— Je ne sais pas, mais ça ne t'est jamais arrivé de ne pas aimer quelque chose pendant longtemps et d'un coup, c'est l'inverse ?

— Pas que je sache, rit-il.

On termine le repas dans une atmosphère légère et il propose gentiment de me raccompagner chez moi, chose que j'accepte sans réfléchir.

Chapitre 7

— Si tu veux, tu peux me déposer là, je marcherai jusque chez moi, dis-je en montrant le coin de rue.

— Je vais me garer et t'accompagner, déclare-t-il en s'aventurant dans ma rue.

J'habite une petite résidence et il n’y a jamais de place pour se garer dans la rue. N'ayant pas de voiture, ça ne m'embête pas, mais c'est toujours gênant pour ceux qui viennent me rendre visite.

Il trouve une place dans une rue adjacente, coupe le contact et sort de la voiture. Le froid me percute de plein fouet.

— Je peux te poser une question ? demande Joshua, marchant à côté de moi.

— Oui bien sûr.

— J’espère que ça ne va pas paraître trop indiscret, mais... pourquoi parles-tu de ta sœur au passé ?

Je m'arrête net de marcher. Joshua se retourne et constate à ma réaction que ce n'est pas une question à poser. Je fixe mes pieds, comme pour éviter cette conversation.

— Je ne savais pas si c'était récent ou non, mais j'ai bien vu comment tu changeais en parlant d'elle … tes yeux deviennent tristes, ça te rend nostalgique, risque-t-il.
— Je ne veux pas en parler, Joshua.
— Je comprends ce que tu ressens Lucie, c'est pour ça que je te demande ça. Si tu veux en parler, je ne te jugerai pas.

Il s'approche lentement de moi et attend que je reprenne la parole. Il comprend ? Comment est-ce possible ?

— J'ai perdu ma sœur avant les fêtes … lâché-je dans un souffle.

Toujours les yeux fixés sur mes chaussures, je sens sa main prendre la mienne. Mes yeux bifurquent sur ses doigts jouant avec les miens. Étrange sensation que de sentir sa main dans la mienne.

— Je ne savais pas, souffle-t-il tout bas.
— Son anniversaire était le 24 novembre, nous avions l'habitude de mettre le sapin ce jour-là, comme un compte à rebours pour Noël. Si le sapin était mis, ça voulait dire que Noël n'allait plus tarder à arriver.

Je sens mon cœur battre à toute allure comme s'il voulait sortir de mon corps. Joshua me presse légèrement la main pour m'encourager à continuer mon histoire.

— Noël était notre fête préférée, encore plus que nos anniversaires. On passait notre mois de décembre avec des pulls de Noël, à chanter sur Mariah Carey, à regarder des tas de films de Noël. C'était vraiment ce que nous préférions dans l'année.

Repenser à tout ça me fait sourire.

— Et le 15 décembre, elle nous a quittés.
— Que s'est-il passé ? questionne Joshua.
— Je n'ai pas envie d'en parler.

J'ose un regard vers lui, nos yeux se captent dans la seconde. Ses yeux ont viré au gris. J'y décèle un mélange de tristesse et de tendresse. Je sens son pouce me caresser entre les doigts. Le temps s'est arrêté autour de nous.

— J'en suis désolé, dit-il doucement.
— Merci. C'était il y a trois ans, mais les fêtes restent un moment compliqué.

Il ne répond pas et nous reprenons la marche, avec les doigts toujours entrelacés. J'essaie de me concentrer sur la sensation que me provoque le fait de lui tenir la main plutôt que sur les souvenirs douloureux qui remontent à la surface.

— Voilà, c'est ici, dis-je en m'arrêtant devant ma résidence.

Nous nous arrêtons l'un à côté de l'autre, face au bâtiment. Sur la devanture, on peut observer de nombreuses fenêtres remplies de décorations. Parfois des pères Noël collés n'importe comment sur les fenêtres, parfois juste de la lumière clignotante que l'on devine venir d'un sapin positionné derrière le rideau. Toutefois, certaines fenêtres sont noires et vides de décorations.

— Je suis sûre que tu n'as pas de déco chez toi, affirmé-je à Joshua pleine de reproches.
— Qu'est-ce qui te fait dire ça ? demande-t-il en se mettant face à moi.
— Tu as détesté quand j'ai installé les décorations au bureau, et encore plus, celles que j'ai mises de mon côté du bureau.
— Pour ma défense, je n'avais pas compris pourquoi tu les avais mises aussi tôt. C'est vrai, qui met ses décos en novembre ? Mais maintenant je comprends, dit-il pour me contrer avant que j'ouvre la bouche. Après, effectivement, je trouve ça un peu débordant tout ce que tu as mis dans ton bureau.

Je ne sais pas si je dois le prendre au sérieux ou s'il me taquine. Je vais devoir creuser cette histoire de *Je n'aime pas Noël*. Il me fait un sourire en coin.

— Pourquoi n'aimes-tu pas Noël ? À moins que ce ne soit que les décorations ?

Son sourire s'évapore en une fraction de seconde et doucement, il essaie d'enlever sa main de la mienne. Sujet compliqué donc.

— Il est tard, Lucie, je vais y aller.
— Attends, je voudrais te parler, dis-je en resserrant mes doigts autour des siens.
— Vas-y, je t'écoute.
— Tout à l'heure, tu as évoqué un sujet. J'aimerais qu'on en discute.
— Je sais ce que tu penses, mais je n'imaginais pas faire ça ici.
— Et je pense à quoi exactement ?
— J'ai bien vu ta réaction quand j'ai dit que je ne voulais plus de relation au travail.
— J'ai été étonnée, c'est vrai. Je ne m'attendais pas à ce que l'on parle de ce genre de choses.
— Tu m'as quand même dit, et je reprends tes mots, qu'en tant qu'être humain je pouvais faire des efforts dans mes relations, dit-il en mimant des guillemets avec sa main libre.
— Tu ne retiens que le mauvais, c'est ça ? J'ai surtout dit que tu étais un bon patron. Je ne pensais pas que tu te vexerais.
— Je ne suis pas vexé, bien au contraire, car je sais que c'est la vérité.

— Tu fais exprès de t'éloigner du sujet, c'est ça ? demandé-je impatiente.

— Un peu, confirme Joshua en souriant.

— C'est si compliqué que ça pour toi de parler ? A chaque fois, tu te renfermes dès qu'il s'agit de toi. Il y a des choses que tu ne veux pas me dire ?

— Ecoute, Lucie, dit-il en redevenant sérieux, on s'en fout de ce qu'il s'est passé. Ce qui compte désormais, c'est le présent. Depuis que tu es arrivée, j'ai réussi à te maintenir loin de moi.

— Mais ?

— Mais maintenant, je n'y arrive plus. Je ne sais pas si ce sont les fêtes qui approchent, le fait que ton contrat se termine bientôt, cependant, mes barrières tombent au fur et à mesure. Et il ne le faut pas.

— Ce qui veut dire ?

— Ce qui veut dire que tu me plais, Lucie, depuis le tout début. Sauf qu'il ne le faut pas, répète-t-il, excédé.

— Ah.

Plus personne ne parle après cette révélation. Il tente de lâcher ma main à nouveau, mais je resserre mon emprise. On se regarde dans les yeux. Mon cœur s'est gonflé d'un je ne sais quoi lors de ses derniers mots. Un mélange de joie, d'inattendu, de peur, d'incompréhension. D'amour ? La neige choisit son moment pour apparaître. De petits flocons tombent sur nous.

— Je suppose que tu aimes la neige ? demande-t-il gentiment.

— Évidemment, réponds-je en le tapant timidement de ma main libre sur le torse. C'est ce qu'il y a de meilleur au moment des fêtes. C'est même incroyable qu'il neige si tôt dans l'année !

Pendant quelques secondes, je lève la tête vers le ciel pour que les flocons atterrissent sur mon visage, comme une enfant découvrant la neige. Je sens Joshua m'observer. Il doit me prendre pour une folle, mais peu importe. Pendant quelques instants, j'oublie qu'il est mon patron, même si après notre soirée et surtout nos conversations, notre relation semble prendre un autre tournant. Nos regards se verrouillent une nouvelle fois. C'est arrivé tellement de fois ce soir que cela semble devenir une habitude. Il se penche, hésitant, faisant des allers-retours entre ma bouche et mes yeux. Mon cœur bat la chamade. Il s'approche de plus en plus de moi, je n'ose plus respirer jusqu'au moment où ses lèvres se posent sur le coin de ma bouche.

Et là, l'explosion. Il le fait avec tant de tendresse que j'en ai le souffle coupé. Il ne reste que quelques secondes, mais c'est intense. La peur et l'incompréhension que je ressentais juste avant disparaissent pour ne laisser place qu'à un sentiment de bien-être, de chaleur. J'en veux encore, et plus.

— Bonne nuit, Lucie.

Il presse une dernière fois ma main qu'il tient toujours, dernier sourire en coin puis me tourne le dos pour partir vers sa voiture.

— Bonne nuit, Joshua.

Il est déjà loin. Je suis encore une fois laissée sur place, sous la neige cette fois-ci, toute retournée par ce qui vient de se passer, un sourire aux lèvres.

Chapitre 8

Samedi 5 décembre

On est samedi matin, soit deux jours après la fameuse soirée que j'ai passé avec Brown. Il m'a appelé hier matin au bureau pour annuler tous ses rendez-vous de la journée, car il devait régler quelque chose en urgence. Je n'ai pas cherché plus loin, et de ce fait, je ne l'ai pas vu de la journée. Je me suis refait le film de la soirée un nombre incalculable de fois, essayant de comprendre s'il est absent à cause de nos révélations ou s'il a réellement quelque chose à régler.

— Aujourd'hui, ne pense pas à ça ! me dis-je en me levant du lit. Aujourd'hui, ça va être une bonne journée !

J'allume mon sapin, choisis mon plus beau mug de Noël et me sers du café. Avant de m'installer sur le canapé, je prends un nouveau livre dans ma bibliothèque, une romance de Noël bien sûr. Je mets une alarme à mon téléphone pour être sûre de ne pas louper l'heure. J'ai une heure devant moi avant de devoir me préparer et partir.

Arrivée au marché de Noël, je trouve Hervé immédiatement.

— Bonjour, Lucie, me salue-t-il en me prenant chaleureusement dans ses bras.
— Bonjour, comment allez-vous ?
— Très bien, très bien. J'adore le samedi ! Magnifique ton chapeau !

Je lève les yeux comme pour me souvenir de quoi il parle. Avant de partir, j'ai mis un beau chapeau de Noël plutôt qu'un banal bonnet. Il est du même rouge que le trône du père Noël, avec un pompon blanc sur le bout du bonnet et mon prénom est inscrit en lettre d'or sur le devant.

— Merci, Hervé. Vous n'allez pas être déçu, j'ai mis un beau pull de noël aussi, dis-je en ouvrant mon manteau.

J'ai prévu le coup pour cette journée. Je voulais faire les choses à fond. J'ouvre mon manteau et Hervé découvre mon pull de Noël. Il est vert et rouge, avec un corps de lutin.

— Oh, tu es donc un lutin ? dit-il en souriant.
— C'est ça ! Je me suis dit qu'il fallait jouer le jeu.

Le but est de pouvoir rester sans manteau le temps de photographier le Père Noël avec les enfants. Je ne suis pas frileuse, mais vaut mieux faire attention pour ne pas tomber malade. Pour cela, j'ai enfilé plusieurs couches de vêtements : une paire de collants molletonnés sous mon jean noir, deux paires de chaussettes dans mes bottes à fourrure et un t-shirt manche longue ainsi qu'un sous-pull sous le lutin. Des mitaines finissent le look. Je suis parée pour combattre le froid.

Hervé m'explique ce qu'il attend de moi. Il veut avant tout que je m'amuse. Chose assez simple dès qu'il s'agit de Noël. Il faut prendre une photo de chaque enfant, et l'imprimer. Il me montre ce qu'il a installé pour moi juste avant mon arrivée. En face du trône du père Noël, Hervé a aménagé une table où se trouvent un ordinateur et une imprimante instantanée. Comme prévu, j'ai apporté mon appareil photo. Je prends à peine deux minutes pour l'accorder en Bluetooth à l'ordinateur.

— Hervé, mettez-vous sur le trône pour que je puisse faire un essai.

Il s'installe, débordant de fierté. Il me fait sa plus belle pose et la photo est déjà prise. Elle s'imprime en trente secondes chrono. Sur le cliché que j'ai entre les doigts, un côté magique ressort. On voit parfaitement tous les détails sur le décor. Du sapin sur la gauche, à la fausse neige au sol, ainsi que les gros sucres d'orge positionnés dans le fond.

— C'est magnifique, dit Hervé me prenant la photo des mains. Bon, je vais me préparer et je reviens dans quelques minutes.

Comme il n'est pas encore l'heure, je prends le risque d'aller m'asseoir sur le trône du père Noël. Le fauteuil est ultra moelleux et ce que j'observe devant moi m'émerveille, comme à chaque fois. La plupart des chalets du marché commencent à prendre vie. Les exposants s'activent à ouvrir leurs portes, à allumer leurs lumières ou même parfois à faire de petites retouches sur les sapins installés dans le coin de leur habitacle. Certains mettent en place de derniers objets ou remplissent leurs vitrines de nourriture pour être prêts pour l'ouverture imminente du marché. Quelques passants sont tout de même en train de déambuler dans les allées, regardant ici et là par curiosité dans les chalets. C'est ce que j'aime le plus pendant cette période, cette magie qui flotte autour de nous.

— Allez oust !

Je tourne la tête vers la voix et souris en voyant Hervé. Il s'est métamorphosé en père Noël. Du bonnet rouge, aux lunettes en passant par la grosse ceinture au bidon, il ne manque rien.

— Vous êtes parfait, Hervé !

Je me lève d'un bond et lui fais signe que la place est libre. Je range mon manteau en boule sous la petite table et vérifie une dernière fois que mon matériel est bien installé.

Les musiques de Noël s'intensifient dans les haut-parleurs, ce qui augmente un peu plus l'ambiance de Noël qui règne dans cet endroit déjà rempli de magie. Mon cœur explose tellement je suis heureuse d'être ici à cet instant.

Les premiers enfants arrivent doucement, mais au bout d'une demi-heure, la file s'est bien agrandie. Une heure plus tard, on tapote à mon épaule.

— Oui ? dis-je en me retournant.

Je tombe nez à nez avec une dame que j'ai déjà vue.

— Bonjour, Lucie, me dit-elle.
— Bonjour... que faites-vous là ? demandé-je à la dame.
— Hervé est mon mari, répond-elle en souriant.

En une fraction de seconde, je comprends pourquoi je connais cette femme. Je l'ai vue cette semaine dans les toilettes de ce restau chic. Comment est-ce possible, qu'avec le prénom de son mari, je n'aie pas percuté plus tôt ? Je ne connais qu'un seul Hervé.

— Oh ! Comment allez-vous ?
— Très bien, merci. Je vous ai apporté un chocolat chaud !

Tout en parlant, elle dépose le gobelet à côté de l'ordinateur.

— C'est bien ce que vous prenez ? me demande-t-elle, voyant mon air intrigué.
— Oui oui, comment le savez-vous ?
— J'étais là le matin où vous avez renversé votre boisson sur votre patron.
— Pardon ? demandé-je, perdue.
— On parlera tout à l'heure. Vous mangez avec nous ce midi ?
— Bien sûr, oui.
— À tout à l'heure Lucie.

L'heure du midi arrive très vite. Certains enfants sont déçus de ne pas avoir pu voir le père Noël, mais leurs parents promettent de revenir après la pause déjeuner. Je range tout le matériel dans une boîte, récupère la table pliante sous le bras et pars vers le chalet d'Hervé qui se trouve juste à côté. Sa femme nous y attend, prête à aller chercher à manger.

— Où est-ce que je peux mettre les appareils à charger ? demandé-je à cette femme dont je ne connais toujours pas le prénom.
— Juste ici, vous avez des prises, me répond-elle en me montrant un coin du chalet.

L'avantage avec mon appareil, c'est qu'il a une longue autonomie. Mais ne connaissant que vaguement l’imprimante instantanée, je préfère tout mettre à charger pour être sûre de pouvoir tenir toute l’après-midi.

— Je me change et nous allons pouvoir y aller, dit Hervé en entrant dans le chalet.

Je sors le temps qu’il se change, réfléchissant à cette incroyable coïncidence de revoir cette dame des toilettes et de l’incident du chocolat.

— Il a bientôt fini, annonce-t-elle me rejoignant entre deux chalets.
— Puis-je me permettre une question ? demandé-je.
— Je m’appelle Emilie, dit-elle, souriante. Enchantée, Lucie.

Elle a sans doute remarqué mon étonnement, car elle continue :

— Quand je vous ai revue, je me suis souvenue que la dernière fois je ne m’étais pas présentée, et tout à l’heure n’était pas le moment approprié.

En effet, avec tous les enfants autour, ce n’était pas l’idéal pour essayer de faire une conversation. Je lui fais un signe de tête reconnaissant. Elle reprend la parole de suite.

— Que diriez-vous si nous prenions quelque chose à manger sur le marché ?
— Je n’en espérais pas moins ! réponds-je, l'eau à la bouche.
— Allons-y, dit Hervé en sortant du chalet.

L’avantage d’être sur un marché de Noël, c’est que tout un tas de nourriture est à notre disposition. Il y a des chalets remplis de plats aussi délicieux les uns que les autres. Nous pouvons trouver des pizzas, des pâtes, parfois des choses basiques comme des sandwich mais retravaillés *façon raclette,* et d'autres avec des choses plus haut de gamme, comme la tartiflette. Sans nous concerter, nous jetons notre dévolu sur une fondue savoyarde. C'est servi dans des bols en carton, faciles à transporter pour continuer à déambuler dans les allées.

Même si je connais ce marché de Noël par cœur, c'est chaque fois la surprise de redécouvrir les vendeurs et leurs produits. Il y a les chalets qui débordent de choses *fait main* pour faire sa propre crèche, des stands de bijoux à offrir à Noël et également des jeux en bois. Il y a toute une sélection pour parfaire son look avec des pulls de Noël et des chapeaux de père Noël personnalisés. Un stand est entièrement dédié aux boules à neige, et comme à chaque fois, je me retiens de tout dévaliser.

Il y a aussi des stands où je craque toujours, ceux de nourriture évidemment. Ceux de crêpes, ceux avec les têtes-choco et bien sûr, celui de la boulangerie et ses fameuses brioches. On s'arrête et je m'offre une brioche pour grignoter dans l'après-midi, j'en achète également deux pour Hervé et Emilie.

Le temps défile, nous parlons de tout et de rien, enfin surtout du marché de Noël et de ses exposants, car Hervé a des anecdotes à nous raconter sur chacun. De retour à notre trône du père Noël, et après avoir réinstallé tout mon matériel, nous sommes prêts à accueillir de nouveau les enfants. Cette fois-ci, contrairement à ce matin, Emilie est là pour nous aider, parce que la file d'enfants est impressionnante. Elle a enfilé un bonnet de Noël et est vêtue tout de rouge. Emilie est un mélange de mère Noël et de lutin travaillant pour le père Noël. Dès qu'une photo est imprimée et donnée aux parents, je lui fais signe pour qu'elle accompagne un nouvel enfant vers son mari.

Hervé prend le temps avec chaque enfant et Emilie arrive à faire patienter ceux de la file en racontant des histoires, en leur posant des questions ou en faisant de petits jeux. Je prends une photo du père Noël avec une jeune fille sur ses genoux, et attends que la photo s'imprime. Trente secondes plus tard, je récupère le cliché de l'imprimante et me tourne vers la petite fille accompagnée de ses parents.

— Voilà jeune fille, n'hésite pas à revenir voir le père Noël quand tu veux, lui dis-je, tout sourire.
— Lucie ?

Je relève les yeux vers ses parents pour lesquels je n'ai pas encore eu un regard, et d'instinct je suis la voix grave que je viens d'entendre, même si je la reconnais immédiatement. Mon sang ne fait qu'un tour. Mon sourire se fige. Brown est en face de moi.

HO
HO
HO

Chapitre 9

— Tu travailles ici ?

Il me demande ça d’un naturel déconcertant. À croire que le fait qu’il soit ici avec sa fille et sa femme n'est pas dérangeant alors qu’il m’a dit être célibataire. Et il semblait qu’il n’aimait pas Noël ? Alors pourquoi être dans un marché qui lui est dédié, et en prime au trône du père Noël ?

Il doit attendre une réponse de ma part, car il me fixe, soucieux. Je sens le regard d’Emilie dans mon dos. Elle doit sûrement se demander s’il y a un problème.

— Tu vas bien ? me demande Brown.

C'est comme si le temps s’était arrêté, mais la seconde question me ramène à la réalité.

— Bonjour monsieur Brown, très bien et vous ?

Plus de « *tu* », plus de « *Joshua* », ça restera « *monsieur Brown* » maintenant. Moi qui me posais des questions depuis notre soirée pour savoir où on allait, j'ai ma réponse. On ne va nulle part et il m'a menée en bateau.

— Madame, bonjour, dis-je en souriant à la jeune femme qui l'accompagne. Je suis Lucie, je travaille pour votre mari.

La femme en question ouvre la bouche pour répondre, mais Emilie arrive en me demandant :

— Lucie, un problème ?
— Non Emilie, tout va bien. Messieurs-dames sont juste en train de me dire qu'ils sont ravis de ce stand et qu'ils reviendront sans doute avant les fêtes.

Je me force à sourire, ce n'est pas le moment de me laisser aller.

— Nous sommes là tous les mercredis et week-ends, s'exclame Emilie, ravie. Tu pourras revenir quand tu veux pour voir le père Noël, ajoute-t-elle en s'adressant à la petite fille qui les accompagne.
— Maman, on revient demain ? S'il te plaîîîîît, demande-t-elle en la suppliant avec un regard de chien battu.
— Bien sûr, chérie. Allez, dis au revoir.

La petite se retourne vers Emilie et moi, affiche un énorme sourire, nous fait signe de la main et se retourne vers ses parents, prête à partir.

Brown ne m'a pas quittée du regard durant toute la scène et pour clôturer cette conversation, je me tourne vers le père Noël, et dis :

— Pas trop froid, père Noël ?

Hervé s'étonne de ma question, mais me répond que non. Brown comprend que la conversation avec lui est close. Il ne dit rien et part. Je sens qu'Emilie souhaite me dire quelque chose, mais elle se tait et retourne à sa place auprès des enfants.

Le reste de l'après-midi se passe tranquillement. J'essaie de ne plus penser à Brown et me concentre sur les enfants. La lumière du jour laisse place à la nuit et Hervé a pensé à tout, il a installé un énorme projecteur pour que le trône soit éclairé en toutes circonstances.

Il est un peu plus de dix-huit heures quand je donne la photo au dernier enfant de la journée.

— Merci de nous aider, me dit Emilie en m'aidant à ranger tout le matériel.
— J'en suis plus que ravie, je ne pouvais pas refuser. Et puis, comment dire non au père Noël ? dis-je en rigolant et en montrant Hervé d'un signe de tête.
— Tu as raison, sourit-elle.

Elle attend qu'il soit parti se changer pour me parler de choses plus sérieuses.

— Dis-moi, qui étaient les personnes avec qui tu parlais tout à l'heure ?
— Désolée, Emilie, ça ne se reproduira plus. C'est vrai qu'après les enfants étaient intenables de les avoir fait patienter comme je l'ai fait. Je ferai attention demain.
— Lucie, je peux comprendre que tu ne veuilles pas parler de ce genre de choses à une inconnue, mais je

suis là si tu le souhaites, dit-elle en me pressant la main.

— C'était mon patron.

Elle m'adresse un sourire tendre, assurément touchée que je me confie à elle.

— Vous savez, c'était pour lui que vous m'aviez entendue faire un magnifique discours dans les toilettes, la dernière fois. Et c'était sur lui que mon chocolat s'était renversé.
— Je m'en souviens parfaitement, mais tu ne m'avais pas dit qu'il était marié, dit-elle étonnée.
— C'est parce que je ne le savais pas, je vous assure. Les hommes mariés, je n'y touche pas, la rassuré-je.
— J'en suis navrée, dit-elle simplement.
— Ce que je ne comprends pas, c'est que jeudi, nous sommes allés manger ensemble. Il m'avait dit être célibataire et même que je lui plaisais !
— Peut-être qu'il est perdu, qu'il ne sait plus où il en est, qui sait ?
— Peu importe, dis-je à Emilie agacée. De toute façon, je n'ai pas envie de jouer, je n'ai ni le temps ni l'envie pour ça. Il est marié, ça règle tout.

Emilie sent que le sujet est houleux et préfère changer de sujet.

— Hervé m'a dit que tu seras là demain, c'est toujours d'accord ?
— Évidemment. D'ailleurs, maintenant que vous en parlez, j'avais une question à vous poser.
— Je t'écoute, Lucie, dis-moi.
— Est-ce que vous avez trouvé une autre photographe ?

— Non, pas encore, répond Emilie, soucieuse. À partir de lundi, je vais devoir chercher activement, mais c'est compliqué puisque nous sommes en pleine saison des marchés. C'est vrai que l'on ne s'attendait pas à ce que la photographe nous fasse faux bond à la dernière minute.
— J'ai peut-être une solution pour vous, Emilie.
— Ah oui ? Laquelle ?
— Moi !
— Toi ? s'exclame-t-elle.
— Oui, moi ! Normalement, c'était pour vous dépanner, mais comment passer à côté de ça ? dis-je en regardant autour de moi. J'aime cet endroit, j'y passe chaque jour après tout, je ne fais rien de particulier de mes week-ends. Et je veux vous aider. Il n'y a que le mercredi où je ne pourrai pas être là, car je travaille, mais pour le reste de la semaine, comptez sur moi.

Emilie lâche tout ce qu'elle a dans les mains et me prend dans ses bras.

— Oh, merci, Lucie, tu es merveilleuse.
— Que se passe-t-il ? demande Hervé qui revient habillé normalement.
— Lucie veut rester avec nous, Hervé ! prononce Emilie, émue.

Pour une fois, Hervé ne dit plus un mot et vient se joindre à nous pour un câlin collectif. Les passants doivent nous prendre pour des fous. Vu d'extérieur, ça doit paraître étrange, mais c'est pour ça que j'aime Noël. Pour ces rencontres, pour l'amour, pour la magie.

Chapitre 10

Dimanche 6 décembre

En arrivant ce matin, je dois batailler avec Hervé concernant mon poste de photographe du père Noël.

— Lucie, tu te doutes bien que tu vas être payée, non ? me questionne Hervé.
— Pour être honnête, je n'y avais pas pensé. Je le fais de bon cœur.
— Je n'en doute pas, mais tout travail mérite salaire.
— Gardez votre argent, Hervé, je vous assure, je n'en veux pas.

Têtu comme il est, je sais que la négociation va être rude. Mais il ne sait pas encore à quel point je peux l'être aussi.

— Et si vous donniez votre argent à quelqu'un d'autre ? glissé-je dans la conversation.
— À qui ?
— Pourquoi pas aux enfants ?

D'un signe de tête, je montre la file d'enfants qui commence à se faire devant le trône du père Noël. La veille,

Emilie m'a confirmé que le dimanche matin est assez calme, mais comme pour la contredire, ils sont tous de sortie.

— Les enfants ?
— Mais oui, Hervé, on est sur un marché de Noël, quoi de mieux que faire travailler nos commerçants et de faire plaisir aux enfants ?
— C'est vrai... Qu'as-tu en tête ?
— Pas grand-chose, mais pourquoi pas une petite décoration à leur offrir ? On a encore un quart d'heure, dis-je en vérifiant l'heure, donc ça va être compliqué de mettre ça en place aujourd'hui, mais je viendrai les soirs de semaine pour en discuter avec les commerçants. Qu'en dîtes-vous ?
— Oui d'accord, je vais appeler Emilie pour lui dire et lui demander de venir nous aider ce matin. Elle devait arriver plus tard pour manger avec nous, mais là je pense qu'on va avoir besoin de renfort.

Je suis bloquée au trône du père Noël le temps qu'Hervé revienne. Il est impossible pour moi de laisser l'équipement photo sans surveillance. Je me perds dans le fil de mes pensées en regardant la file d'enfants qui s'impatientent de l'arrivée du père Noël. Puisque nous sommes au mois de décembre, Hervé et Emilie doivent sans doute payer le photographe plus cher. Avec cet argent, je sais que nous allons pouvoir faire plaisir à bon nombre d'entre eux et j'en suis ravie.

Je récupère mon téléphone, faute d'avoir un carnet avec moi, pour commencer à noter mes idées et surtout, vérifier quelques informations. Cette année, Noël tombe un vendredi. Il faut donc faire la distribution de cadeaux le dernier week-end du père noël, donc le 19 et le 20 décembre. J'ai deux semaines pour que tout soit prêt. Concernant le type de cadeaux, il faut faire attention. Rien de comestible, avec les allergies et les aliments interdits, il vaut mieux ne pas commettre d'impair. Il reste tout de même pas mal de commerçants sur le marché, ce n'est pas compliqué.

- Chapeau du père Noël
- Chaussettes pilou-pilou de Noël
- Décoration en bois
- Boules à neige ?
- Serre-tête elfe ou cerf
- Petite peluche du père Noël

Satisfaite, je range mon portable. Du coin de l'œil, je vois Hervé arriver sous les exclamations des enfants. La journée peut commencer.

Emilie arrive un petit quart d'heure après et les enfants se calment en un rien de temps. La pause déjeuner arrive vite. Comme la veille, après avoir rangé l'équipement, nous avons déambulé dans les allées du marché. Cette fois, nous nous sommes arrêtés sur le stand de tartiflette. Je me promets de faire attention la semaine prochaine, mais autant en profiter aujourd'hui. Ce n'est pas tous les jours que je mange sur un marché de Noël.

— Tu es vraiment quelqu'un de généreux, me dit Emilie touchée par mon initiative.

— Je trouve ça normal, dis-je en haussant les épaules. Je préfère faire plaisir aux enfants, les voir contents de recevoir un cadeau par le père Noël... ils s'en souviendront longtemps !
— Un dessert ? me demande Emilie en changeant de conversation.
— Absolument, on ne rejette jamais un dessert !
— J'en étais sûre, rigole-t-elle. Des churros, ça te dit ?

Nous avons passé une grande partie de notre pause repas à deux. Hervé s'est égaré parmi les chalets puisqu'il s'arrête pratiquement à chacun d'entre eux pour discuter avec les vendeurs.

Les churros en main, nous faisons le reste du tour du marché jusqu'au trône du père Noël. Nous y sommes presque quand le sourire que j'affiche s'efface en une fraction de seconde. Devant notre stand, Brown patiente. Je me faufile entre deux chalets juste pour pouvoir vérifier que c'est bien lui. Emilie qui ne m'a pas vue me mettre en retrait, parle toute seule.

— Lucie ? dit-elle en se retournant.

Quand elle comprend que je me cache, elle regarde dans la même direction que moi, et remarque Brown planté à l'endroit où nous allions quelques secondes plus tôt.

— Pourquoi tu te caches ? me demande Emilie.

Semi-cachée derrière un petit sapin, je bloque sur lui. Que fait-il là ? Il n'a rien d'autre à faire un dimanche ?

— Je ne me cache pas, rétorqué-je, vexée, en sortant de ma cachette. Vous voyez, je faisais juste une pause.
— Je peux te dire quelque chose ?

— Ai-je le choix ? souris-je.
— Lucie, c'est ton patron, que tu le veuilles ou non, tu vas le revoir. Autant que ce soit maintenant.
— Oui, vous avez raison.

Elle me fait un sourire encourageant. Je la prends sous le bras, et nous reprenons notre chemin. A peine quelques pas plus tard, nous sommes devant Brown. Quelques pas ce n'est rien, et pourtant, des tonnes des questions ont fusé dans ma tête. Pourquoi mon comportement change-t-il face à lui ? Pourquoi ai-je peur de lui ? Pourquoi j'agis comme une adolescente ?

— Bonjour, Mesdames, salue Brown en nous voyant.
— Bonjour, je suis Emilie, se présente-t-elle en faisant un hochement de tête.
— Enchanté, Emilie, réplique-t-il en souriant. Je suis Joshua Brown. J'aime beaucoup ce que vous avez fait de cet endroit, ajoute-t-il en montrant le stand derrière lui.
— Merci, Joshua. Veuillez m'excuser, je dois aller vérifier que mon mari soit bien revenu sinon le père Noël aura du retard.

Elle nous laisse tous les trois : Brown, moi... et le silence. Têtue comme je suis, c'est hors de question que ce soit moi qui entame la conversation. Ici, c'est mon terrain, donc s'il est venu, c'est à lui parler. Mais c'est plus fort que moi.

— Pourquoi mentir à Emilie ? demandé-je, agacée.
— Mentir ?
— Vous avez dit aimer le trône du père Noël, alors que l'on sait très bien, vous et moi, que vous détestez tout ce qui se rapproche de Noël.

— Je n'ai jamais dit que je détestais ça, dit-il calmement. Tu as tiré des conclusions toute seule.

Nouveau silence. Nos regards sont accrochés l'un à l'autre. Pour ma part, c'est pour le défier, mais ça n'a pas l'air d'être son cas. Ce duel me paraît tenir une éternité, jusqu'à ce qu'il reprenne la parole.

— Écoute, Lucie, si je suis venu te voir ici aujourd'hui, c'est pour avant tout te parler.
— Je vous écoute, Monsieur Brown.
— Tu ne veux pas me tutoyer ?
— Non merci. Je pense que c'était une mauvaise idée.

Ma réponse le fait tiquer.

— Ce que je t'ai dit la dernière fois devant chez toi, c'était vrai. Tu me plais vraiment.
— Lucie, tu es prête ? crie Hervé au loin coupant la conversation.
— Oui, toujours prête !

Je retire mon manteau et le mets en boule sous ma petite table de fortune. On peut ainsi voir mon beau pull de Noël, bleu nuit avec un énorme pingouin de Noël sur le devant.

— Ecoutez, Monsieur Brown, je suis ici pour travailler, donc nous parlerons demain à la première heure si vous le souhaitez.

J'espère qu'il comprend que ce n'est ni le lieu ni le moment de parler de ce genre de choses. Joshua est comme obnubilé par mon pull. Il est fixé dessus. Je m'attends à me prendre une réflexion, mais à la place, il me dit tout simplement :

— Sympa ton pull, Lucie, complimente Joshua, l'air sincère.
— Merci.
— Tiens, Lucie ! s'exclame Emilie me tendant un grand Thermos.
— Du chocolat ? demande Joshua.
— Bingo, rit Emilie.
— J'en étais sûr, dit-il tout fier. Mais tu vas rester en pull toute la journée ? demande-t-il en se tournant vers moi.
— C'est pour ça que je bois du chocolat chaud ! dis-je en montrant le Thermos. Je suis beaucoup plus à l'aise en pull pour prendre des photos, puis je veux faire profiter à tout le monde de mes beaux pulls de Noël !

Je réponds du tac au tac, oubliant que je ne veux pas lui parler. Il me regarde en affichant son fameux sourire en coin. Il sait qu'il peut me faire perdre la tête. Emilie qui est partie à sa place auprès des enfants, nous observe. À l'inverse d'Hervé, assit sur son fauteuil rouge, qui perd patience de voir que nous n'avons pas encore commencé à faire défiler les enfants.

— Joshua, nous parlerons plus tard, d'accord ? Je dois vraiment travailler.

Il n'est même pas surpris que je le tutoie ni que je l'appelle par son prénom.

— Je passerai te prendre ce soir.
— Euh, d'accord, dis-je, déboussolée.
— Je veux vraiment que l'on parle avant de retourner au travail demain.
— Oui, tu as raison, je finis à 18 heures.

— Je serai là, bonne après-midi, Lucie.

Il m'adresse un dernier sourire et part de son côté.

— Bon, on commence ? ronchonne Hervé.
— Père Noël est impatient de voir les enfants apparemment ! réponds-je en riant.

Un demi-litre de chocolat chaud avalé et des dizaines d'enfants plus tard, la fin de journée approche. La nuit commence à tomber doucement, le froid se fait de plus en plus présent. Quand on parle, de la fumée sort de nos bouches. J'ai remis mon manteau depuis quelques instants, je suis frigorifiée. Toutes les dix secondes, je regarde autour de moi pour voir si Joshua débarque.

Le temps file, les derniers enfants passent avec le père Noël, Emilie m'aide à ranger le matériel. Et toujours pas de Brown.

— Tu attends quelqu'un ? demande Emilie en regardant autour de moi.
— Oui. Enfin, il avait dit qu'il viendrait quand on aurait fini.
— Ce fameux Joshua ?
— Oui, dis-je, timide. Il voulait que l'on discute, mais il semble que l'envie est passée.
— Sois patiente, il est à peine 18h15, il a peut-être juste un peu de retard.
— Oui, vous avez raison, je vais attendre encore un peu.
— On se voit cette semaine de toute façon ? me demande Emilie en me faisant une accolade.
— Évidemment, je passerai pour voir les commerçants.
— Parfait, j'espère que tu as passé une bonne journée. Belle soirée Lucie, dit-elle me prenant dans les bras.

— Merci encore de me faire vivre ça. Belle soirée à vous deux.

Elle me presse la main, récupère la boîte avec le matériel rangé à l'intérieur et s'en va.

Même si le trône du père Noël ferme à 18 heures, le reste du marché continue de vivre jusque 21 heures, voire plus pour certains chalets. Les minutes s'écoulent au ralenti, et je suis là, plantée comme un piqué, à l'affût de la moindre silhouette qui pourrait s'approcher de moi. Toujours pas de Brown en vue. Plus les minutes passent, plus ma colère à son égard grandit. Ma montre indique 18h30. Je décide que j'ai assez patienté. Énervée et tout de même déçue, je m'arrête au chalet d'un vendeur de chocolat et m'en offre une grosse boîte.

Je rentre chez moi avec un tas de provisions pour la soirée. J'ai craqué pour une soupe, des biscuits et des chocolats. La soupe est là uniquement pour me faire déculpabiliser de tous les chocolats que j'ai achetés.

Tout est posé sur ma table basse, le sapin est allumé. Avant de me poser pour manger, je décide d'aller prendre une longue douche chaude pour me réchauffer. Tout en mettant mon pyjama tout doux, je réfléchis au comportement de Joshua. Pour y voir plus clair, j'attrape un carnet qui traîne sur la table basse et commence à écrire. Je fais une première liste rapidement :

Joshua

- *Froid*
- *Pire que froid, glacial !!*
- *Distant*
- *Pas humain*
- *Se croit supérieur*

Repenser à son comportement d'avant me fait frissonner. Ces derniers jours, j'ai découvert un nouveau Joshua. Je ne peux pas nier qu'il me plaît, surtout depuis que j'ai eu cette révélation de *« peut-être bien qu'il m'attire depuis le début »*, mais son comportement me rend folle. Surtout depuis que je l'ai vu avec cette femme et cette petite fille.

Je mange un chocolat pour me réconforter. Je garderai la soupe pour le lendemain, tant pis. Au moment où ma main se dirige vers la boîte pour en prendre un second, mon téléphone sonne.

— Je ne suis pas d'humeur à te voir ce soir, Mathilde.

— Ce n'est pas Mathilde.

Merde. Trop concentrée sur les chocolats, je n'ai pas regardé le numéro qui s'est affiché. Normalement, il n'y a que Mathilde pour m'appeler un dimanche soir pour s'inviter à manger chez moi. Mais là, ce n'est pas elle.

— Est-ce que tu es chez toi ? demande Brown au bout du fil.

Chapitre 11

Mon cœur manque un battement. Depuis quand m'appeler fait partie de ses occupations du dimanche ? En presque un an, il ne m'a téléphoné qu'une seule et unique fois, lors de mon deuxième jour, pour me dire « *annulez ma journée* ». Et c'était uniquement parce que je n'avais pas répondu à son mail dans les dix minutes. Dès ce moment, j'avais cerné le personnage.

La main toujours suspendue au-dessus des chocolats, je secoue la tête et me lève pour commencer à faire les cent pas dans mon appartement. Enfin, autour de mon canapé pour être exacte.

— Lucie ?
— Oui, je suis chez moi. Que veux-tu ?

Entendre sa voix me rappelle que je suis en colère contre lui.

— Je suis en bas.
— Joshua, ce n'est pas une bonne idée.
— J'aimerais t'expliquer certaines choses, s'il te plaît.

Je m'arrête net de marcher. Il a dit *s'il te plaît*. Incroyable venant de lui, je ne pense pas l'avoir déjà entendu utiliser une formule de politesse. Et je n'exagère pas en disant ça.

— Appartement 20, je t'ouvre en bas, dis-je en raccrochant.

Je reprends les cent pas, essayant de me convaincre d'être naturelle avec lui et de ne pas être coincée comme je peux l'être à chaque fois. Trois coups à la porte m'indiquent qu'il est là. Je prends une longue respiration et ouvre.

Ma première pensée en le voyant est « *qu'il est beau, bordel !* » Je n'avais pas prêté attention à la façon dont il était habillé plus tôt, car j'étais bien trop perturbée de le voir au marché de Noël. Mais là devant moi, j'ai tout le loisir de le reluquer. Il a troqué sa tenue habituelle de patron strict en... mec sympa.

Sweat à capuche blanc avec un jean et des baskets. Rien de plus banal, mais sur lui, ça change tout. En un coup d'œil, il est devenu moins froid, moins hautain, moins distant presque. Comme quoi, même les vêtements peuvent nous donner une mauvaise image de la personne.

— Sympa ta tenue, dit-il en souriant.

Ne comprenant pas sa remarque, je baisse la tête sur mes vêtements. *Merde*.

— Je ne pensais pas que mon boss allait passer, dis-je pour me défendre.

— Ne change pas pour moi, dit-il en verrouillant son regard au mien.

On reste l'un en face de l'autre quelques longues secondes. J'essaie de sonder ses yeux pour comprendre sa phrase.

— Je peux entrer ?

Pour seule réponse, je me décale un peu de la porte pour le laisser passer. Son parfum flotte autour de lui. Mon cœur bat dans mes tempes. Pour me ressaisir, je secoue la tête en fermant la porte et me tourne vers le miroir disposé dans ma petite entrée. J'ai l'air d'une enfant dans mon pyjama une pièce, tout doux, qui représente un renne de Noël. Pour agrémenter le tout, mes cheveux mouillés vont dans tous les sens.

J'oublie mon reflet et me dirige vers la pièce à vivre. J'observe Joshua parcourir mon appartement du regard.

— C'est petit, mais…
— J'aime bien ton appartement, me coupe-t-il, il te ressemble. Je n'imaginais pas autre chose.
— Ah oui ?
— Oui, répond-il en croisant mon regard.
— Merci.

Il me fait un sourire en coin.

— Pourquoi es-tu toujours surprise quand je te fais un compliment ?
— On ne peut pas dire que ce soit dans tes habitudes.

J'ai lâché ça en étant plus froide que prévu, mais je n'ai pas pu m'en empêcher. Quand il est gentil, je sais que son côté froid ressortira obligatoirement juste après. Je croise les bras sur ma poitrine, attendant la raison de sa venue. Il se passe les doigts dans les cheveux, et je remarque qu'il n'est pas coiffé comme d'habitude. Ils ont l'air naturels, sans laque ni gel. J'ai envie d'y passer la main pour voir s'ils sont aussi doux qu'ils en ont l'air.

— Et toi, que t'arrive-t-il aujourd'hui ? questionné-je.
— Comment ça ?
— Tu viens ici, chez moi, un dimanche soir, habillé comme ça, dis-je en faisant un signe de tête vers son sweat.
— Tu pensais que j'étais en costume même le dimanche ? s'étonne-t-il.
— C'est ridicule mais oui, lancé-je en riant. En fait, je ne savais pas comment tu pouvais être habillé pour être décontracté.

Il se met à rire et l'atmosphère devient instantanément plus légère. Je n'avais pas fait attention, mais il a l'air tendu d'être ici. Ce qui est improbable, car c'est le mec le plus confiant que je connaisse.

— Lucie, je suis venu pour te parler de quelque chose, m'annonce-t-il en redevenant sérieux.
— Je t'écoute.
— Je ne veux pas que tu penses que j'ai une famille et que je te l'aie cachée.
— Tu dis ça pour la petite fille d'hier ?
— Oui.
— Tu es mon boss, c'est normal que tu caches aux autres ta famille. Et je pense que c'est bien de garder une part de sa vie personnelle secrète au boulot.
— Non Lucie, tu n'as pas écouté ce que je viens de te dire.
— Toi non plus, je viens de te dire que je n'ai pas besoin de savoir qui sont ces personnes.

Pour stopper cette conversation, il se rapproche de moi, m'attrape par les épaules et se met à ma hauteur. Étant donné qu'il a une tête de plus que moi, je ne suis pas sûre que la position soit agréable pour lui, étant donné qu'il doit fléchir les genoux. Ses yeux bleus sont intenses et me fixent sans faillir. Comme s'il voulait regarder au plus profond de moi. Je regrette d'avoir enfilé ce pyjama qui m'empêche de sentir ses mains sur ma peau. Je divague totalement. Ce n'est pas le moment de fantasmer sur lui.

— Je n'ai pas de femme ni d'enfant.

Il attend ma réaction. Quand l'information arrive à mon cerveau, je lâche un simple :

— Oh.
— Quand tu as une idée en tête, tu ne veux plus écouter, c'est dingue, dit-il en souriant.
— C'est vrai, je suis légèrement têtue, lancé-je en haussant les épaules.
— Légèrement ?
— Mmh, n'en rajoute pas une couche.

Il me lâche les épaules et s'installe sur l'accoudoir du canapé. Je me mets face à lui. Dans cette position, c'est à mon tour d'être la plus grande des deux. Nos regards s'accrochent à nouveau, intenses.

— La femme que tu as vue hier, elle s'appelle Charlotte. Et sa fille, c'est Gloria.

L'ambiance s'est de nouveau alourdie. J'ai le cœur qui bat. J'appréhende la suite de cette conversation.

— Charlotte est la femme de mon meilleur ami. Ou devrais-je dire, défunt meilleur ami.

J'avale difficilement ma salive, je savais que cette conversation n'allait pas être simple. Pour l'encourager à poursuivre, je me rapproche un peu plus de lui. Il doit ouvrir ses jambes pour que je puisse me mettre entre elles. Ses yeux sont dans le vague, mais je peux voir sur son visage la tristesse qu'il éprouve.

— Le dernier moment que j'ai vécu avec lui, c'était au marché de Noël. Gloria avait sept ans à cette époque, et voulait aller voir le père Noël. On avait un peu une tradition, on allait au marché de Noël le premier mercredi du mois et le dernier week-end avant les fêtes. Mais cette année-là, on n'avait pas pu se libérer pour le premier mercredi, donc nous avions remis à plus tard. Nous y sommes allés un dimanche. Depuis qu'elle était née, c'était chaque fois pareil. Le principal, c'était d'avoir notre photo. Ensuite, nous devions aller chez eux pour dîner.

Il parle doucement, plongé dans son souvenir. Sans m'en rendre compte, nos mains se sont cherchées et enlacées.

— Mais il s'est rappelé qu'il avait oublié un dossier important pour le lendemain. Il devait se rendre je ne sais plus où, et le bureau se trouvait à l'opposé. Il craignait de ne pas avoir le temps d'aller le chercher le lendemain. Donc il a eu l'idée d'aller récupérer son dossier en coup de vent et il nous rejoindrait chez lui. Enfin, je crois que c'était ça, mon cerveau à un peu zappé ce moment-là, mais comme il était tête en l'air, ça lui ressemblait bien.

Un sourire triste s'affiche sur son visage. Mon cœur se tord un peu plus.

— J'ai proposé à Charlotte et Gloria de monter avec moi en voiture et d'aller directement chez eux. Comme toujours quand ils se quittaient, même pour deux minutes, ils s'étaient tous fait un bisou. Moi, je lui ai juste fait signe de la main. Et nous sommes partis chacun de notre côté. Nous sommes rentrés, et nous étions en train de commencer à faire à manger. Ce n'était rien de bien difficile puisqu'on avait décidé de se faire un apéro dînatoire. On rigolait tous les trois et on ne faisait pas attention au temps qui passait. Mais au bout d'une heure, ça commençait à faire long, on s'inquiétait.

Il reprend son souffle.

— Quand j'ai essayé de l'appeler sur son téléphone, ça a sonné plusieurs fois. J'ai tenté de l'appeler trois ou quatre fois, je crois. Et ça a fini par décrocher, mais ce n'était pas lui.

— C'était qui ? soufflé-je, le cœur battant.

Il relève la tête vers moi, comme s'il se souvenait tout à coup que je suis présente. Je presse légèrement ses doigts pour l'inciter à continuer.

— C'était une femme. Elle hurlait et pleurait dans le téléphone, je ne comprenais rien de ce qu'elle pouvait dire. Je lui ai demandé de me passer quelqu'un qui pouvait m'expliquer ce qui se passait, et là, c'est un homme qui m'a raconté. Son mari peut-être, je ne sais même pas. Bizarrement, vu la situation, il était très calme. Il m'a expliqué qu'il y avait eu un accident.

Je presse involontairement ses doigts plus fort, et il fait de même.

— J'ai pu géolocaliser son téléphone et je me suis rendu en quatrième vitesse sur les lieux. Une horreur. Un accident avec un camion.

J'ai le cœur au bord des lèvres. Je ne veux pas y croire.

— J'ai su par la suite que son téléphone avait été éjecté du véhicule et que c'est pour cette raison qu'une inconnue avait décroché.

Sentant ma tête tourner, je pousse la nourriture sur un coin de la table basse pour pouvoir m'y asseoir.

— Lucie, ça va ? s'inquiète Joshua.

Il s'installe sur le fauteuil pour être en face de moi. Puis il me reprend les mains en me fixant.

— Je suis désolée, mais, il y a beaucoup de coïncidence avec l'un de mes souvenirs. Ça me retourne un peu.
— Je ne savais pas, sinon je ne t'aurais pas raconté tout ça.

Il essuie une larme qui vient de couler sur ma joue. Je n'avais même pas senti que j'étais en train de pleurer.

— Tu veux en parler ?
— Je... C'est ma sœur. Elle est décédée dans un accident de voiture... la cause de cet accident était un camion. Il roulait vite et n'a pas su freiner à cause des rues glissantes, avec la neige fondue et…

Il pose son index sur ma bouche pour me faire taire. Il a l'air perdu par ce qu'on est en train de se raconter. Ses yeux vont de droite à gauche, réfléchissant à ce que je viens de lui raconter.

— Quand est-ce que ta sœur a eu cet accident ?

— Un 15 décembre.
— Quand ça ?
— Il y a trois ans.

Il se laisse tomber en arrière dans le fauteuil en se tenant la tête.

— Joshua ?
— Je pense que c'était le même accident.

Un cri s'échappe de ma gorge.

Comment est-ce possible ?

Chapitre 12

Dix minutes que nous échangeons sur les détails de l'accident, sur l'endroit, le nombre de personnes, et les faits sont là. C'est le même accident. Aucun de nous n'a bougé. Je suis toujours assise sur ma table basse, et Joshua est toujours en face de moi sur le canapé. Les seuls mouvements dans la pièce proviennent des lumières du sapin qui clignotent.

— Je peux te poser une question ? tenté-je tout bas.
— Oui.
— C'est pour ça que tu étais au marché de Noël hier ? Pour Gloria ?
— Oui. La première année a été très compliquée, surtout pour Charlotte. Devoir gérer Gloria, perdre son mari, se retrouver seule. La petite ne faisait que de réclamer son père, il y a eu beaucoup de mauvais jours. J'ai toujours eu l'habitude de passer du temps chez eux, je suis le parrain de Gloria, dit-il avec un léger sourire aux lèvres. Je m'étais installé chez eux, j'étais présent dès que possible, mais je passais le plus clair de mon temps au travail. Ça me permettait de moins penser à lui. Et sans qu'on le voie arriver,

un an s'était écoulé. C'était le moment que l'on redoutait un peu, le marché de Noël. Mais c'était une évidence pour nous, il fallait que l'on y aille. C'était notre tradition.

De nouvelles larmes s'échappent de mes yeux déjà gonflés du premier torrent. Joshua se redresse dans le canapé et pose délicatement sa main au niveau de ma joue. À l'aide de son pouce, il stoppe une larme qui coule. Il lâche un soupir, ses yeux rivés aux miens. J'ai mal pour lui, j'ai mal pour cette petite fille, j'ai mal pour cette femme.

— J'aurais aimé que tu ne connaisses pas de tel malheur, Lucie, chuchote-t-il en se rapprochant davantage.

Nous sommes à quelques centimètres l'un de l'autre. Je peux sentir son souffle chaud sur mon visage, voir ses yeux brillants et la peine qu'il ressent. Mon regard passe de ses yeux à ses lèvres, il fait de même. Mon cœur bat la chamade. Le temps s'arrête. Ses lèvres se posent doucement sur les miennes. Un frisson parcourt mon corps, partant de ma nuque jusqu'au bas de mon dos. Ses lèvres sont douces et ont un léger goût de menthe. Le baiser s'intensifie quand il me titille avec sa langue. Entre temps, mes mains se sont posées sur son torse et je ne me prive pas pour profiter. Il enlève sa main de ma joue pour la poser dans mon dos et me tire à lui. Nous ne pouvons pas être plus collés que ça.

Le baiser timide se transforme très vite en quelque chose d'intense, presque bestial. Un besoin vital, pour lui comme pour moi. Je réussis à attraper le bas de son sweat pour pouvoir le remonter, mais on est si collés l'un à l'autre, qu'il m'est impossible d'y arriver. Je me retire de ses lèvres une seconde, il a l'air surpris puis comprend ma démarche. J'attrape le bas de son sweat, et le fais passer par-dessus sa tête. Voilà qui est mieux. En dessous, un simple t-shirt blanc l'habille, c'est sexy sur lui. Je m'enflamme en un rien de temps.

Je le pousse dans le fond du canapé et me mets à califourchon sur lui pour reprendre notre baiser là où nous l'avons laissé. Je sens ses mains à travers mon pyjama, mais j'en veux plus. Je romps le baiser une nouvelle fois pour me redresser, et commencer à tirer sur la fermeture éclair qui déraille complètement. En dessous du pyjama, je suis vêtue d'un débardeur noir et d'une culotte de la même couleur. Il m'aide avec la fermeture tout en m'embrassant dans le cou et le haut du buste. J'enlève les manches et fais baisser le haut du pyjama sur mes hanches pour me retrouver en simple débardeur. On devine parfaitement mes tétons pointer d'excitation sous le tissu. Joshua le remarque et me regarde comme s'il a envie de me dévorer.

Comment peut-il me faire autant d'effet rien qu'avec un regard ? Je repars à la conquête de sa bouche, et le baiser redouble d'intensité. Joshua me touche là où il peut, et décide de s'arrêter sur ma poitrine. Ses mains sont posées sur mon débardeur, mais je sens que je vais exploser à tout moment. Sa bouche reprend le chemin vers mon cou, puis continue sa route vers mon débardeur. Il me lance un regard pour que je puisse dire non s'il va trop loin, mais plutôt mourir que de refuser. J'attrape ses cheveux d'une main et tire d'impatience. Il me fait un sourire qui dure à peine une seconde, son regard s'enflamme. À l'aide d'une main, il tire sur le haut de mon débardeur pour faire apparaître un sein. Puis avec la seconde, il prend mon sein et joue avec mon téton à l'aide de son pouce.

Je fais basculer ma tête en arrière. Je suis dans tous mes états. Je sens son souffle chaud sur ma poitrine.

— Lucie !? Je sais que tu es là, j'ai vu ton sapin allumé à travers ta fenêtre. Ouvre !

La sonnette se fait entendre, accompagnée de coups sur la porte. La bulle dans laquelle je suis avec Joshua vient d'exploser. Mon cœur bat dans mes tempes alors que Joshua enlève sa main de mon sein pour remettre mon débardeur à sa place initiale.

— Allez Lucie, ouvre, j'ai des trucs à te raconter ! crie la voie à travers la porte.
— Je pense que je vais y aller, dit Joshua doucement.
— Non, pourquoi ? Attends !

Entendre à nouveau les coups frappés à la porte et cette satanée sonnette m'agace grandement. Sans réfléchir, je me lève de la table basse, et me rue sur la porte d'entrée. Je l'ouvre à la volée.

Je retrouve Mathilde, une bouteille à la main ainsi qu'une grosse boîte de chocolat.

— Ah, enfin !

Sans attendre, elle entre dans mon appartement et se dirige vers le salon.

— Monsieur Brown ?

Je ne prends pas la peine de fermer la porte et la rejoins. Joshua vient de reposer une feuille sur la table basse, se retourne vers nous et me lance un regard noir.

— Désolée, je ne savais pas que vous étiez là, prononce-t-elle gênée.

C'est à ce moment-là que Mathilde s'aperçoit de ma tenue, et comprend ce qu'il se passe ici. Elle qui n'est pas timide, habituellement, ne sait plus où se mettre face à cette situation.

— Je vous laisse, dit-elle en opérant un demi-tour.
— Non, restez Mathilde.

D'un pas assuré, toujours avec le regard noir et le visage fermé, Joshua se dirige vers nous, ou plutôt vers l'entrée de l'appartement. Mathilde se recule pour ne pas se faire percuter et moi, je ne bouge pas d'un poil, ne comprenant pas ce retournement de situation.

— Attends, dis-je en attrapant sa main au passage.

D'un geste, il enlève sa main et part sans un mot ni un regard pour moi. Je regarde ma porte d'entrée, toujours ouverte, comme s'il allait revenir en me disant qu'il avait oublié quelque chose. Mais au bout de quelques secondes, c'est Mathilde qui s'approche de la porte pour la refermer.

— Je ne voulais pas casser ton coup, Lu', dit Mathilde, désolée.
— Je... Oui..., non, bégayé-je. Faut que j'aille le voir.

Je fonce hors de l'appartement pour le rattraper avant qu'il ne parte. Je dévale les escaliers, espérant tomber sur lui. Je ne croise personne. Arrivée dans le hall d'entrée de la résidence, je me dirige vers l'ascenseur en pensant qu'il l'a pris. Personne. J'entends la porte d'entrée claquer et le vois au loin.

Je me mets à courir, il faut que je le rattrape. Je suis surprise de voir qu'une fine pluie tombe. Mais peu importe, je rattrape Joshua qui marche avec les mains dans les poches ainsi que la tête rentrée dans ses épaules pour éviter la pluie. Je lui attrape le bras et le ramène à moi.

— Je t'interdis de partir comme ça, m'écrié-je énervée.
— Tu me l'interdis ? répète-t-il en se reculant.
— Mais qu'est-ce qui t'a pris ? Pourquoi t'es parti ?
— Nous ne sommes pas sur la même longueur d'onde, Lucie.

Il m'a appelée par mon prénom. Est-ce mauvais signe ? J'en ai l'impression.

— Attends deux secondes, je ne comprends pas.
— Rhabille-toi et va te mettre à l'abri.
— De quoi ?

Refusant de s'approcher de moi, il me fait signe de la tête vers mes hanches. Ne comprenant rien, je baisse la tête, et remarque que je suis en débardeur avec les manches de mon pyjama qui tombent de chaque côté de mon corps. Dans l'euphorie de la situation, je ne me suis pas totalement rhabillée et je suis dehors, sous la pluie, pas couverte. C'est là que je m'aperçois que mon corps entier tremble. Sûrement à cause du froid, mais aussi, sans doute, de la situation. Mon cœur a fait une chute vertigineuse entre le moment où nous étions chez moi et maintenant.

Malgré lui, il m'aide à me rhabiller. À peine ai-je fini de remonter la fermeture éclair, qu'il dit, agacé :

— Rentre chez toi, Lucie, il pleut.
— Joshua, je veux juste comprendre ce qu'il s'est passé.
— Il ne s'est rien passé. Absolument rien passé, répond-il d'un ton froid.
— Pourrais-tu parler pour une fois ? Me dire clairement les choses ? tenté-je.
— Je suis quelqu'un de distant et, attends, c'était quoi le terme déjà ?

Il fait semblant de réfléchir, mais je vois la tension en lui monter petit à petit.

— Ah oui, glacial, s'énerve-t-il. Autant que j'agisse comme tel.

Je reste muette, ne comprenant rien à ce qu'il dit. Plusieurs fois d'affilée, il tente de se calmer en se passant la main dans les cheveux. Sans y parvenir.

— Oublions ce qu'il s'est passé, c'est mieux pour tout le monde. Je savais que c'était une mauvaise idée de venir.

Il me lance un regard triste, secoue la tête et part. Ses derniers mots résonnent dans ma tête, telle une bombe. Je sens mon cœur se briser.

Chapitre 13

Mathilde est restée chez moi le temps que j'étais avec Joshua dehors. Quand elle m'a vu rentrer mouillée de la tête aux pieds, elle a agi comme une mère pour son enfant, et elle s'est occupée de moi. Attends, assieds-toi, je vais chercher une serviette.

J'enlève mon pyjama trempé et m'essuie rapidement.

— Va prendre une douche chaude, et on parle après.

Je ne la contredis pas et prends une douche bouillante. J'enfile un nouveau pyjama chaud et douillet et rejoins Mathilde qui prépare quelque chose dans la cuisine. Je m'assieds à la même place que Joshua quelques instants plus tôt, et vois son pull qui est resté au sol. Je le récupère et renifle son parfum. Mon cœur se brise un peu plus.

— Je veux savoir tous les détails, dit Mathilde en me donnant un verre à pied. Attends, c'est son pull ?
— Ouais, il l'a oublié, dis-je, pensive.

Mathilde propose de remplir mon verre, mais je n'ai pas le goût à boire, alors elle repart en cuisine. En posant mon verre sur la table basse, mon regard est attiré par une feuille. La liste que j'ai faite plus tôt dans la soirée.

Joshua

- *Froid*
- *Pire que froid, glacial !!*
- *Distant*
- *Pas humain*
- *Se croit supérieur*

Je sens mon cœur battre dans mes tempes. Les mots qu'il m'a balancés à la figure me reviennent en tête.

— *Je suis quelqu'un de distant (...) Ah oui, glacial. (...) Autant que j'agisse comme tel.*

Penchée sur ma table basse, je me prends la tête entre les mains.

— Lucie ? Ça va ? demande Mathilde, avec inquiétude.
— Oui… Enfin, non… Je crois que c'est ma faute s'il est parti.

Elle pose un plateau sur la table basse et s'installe à côté de moi sur le canapé.

— Explique-moi, et depuis le début !

Je lui raconte le coup du marché de Noël, sa venue à l'heure du midi, son absence à la fin de la journée, son coup de fil. Je lui explique également notre conversation, ou plutôt ma partie. Elle est au courant pour l'accident de ma sœur. La seule information que je donne c'est que Joshua est aussi impacté par cet accident et qu'une chose en entraînant une autre, il a enlevé son pull.

Mathilde est une nana qui ne se prend pas la tête avec les garçons. Les coups d'un soir lui suffisent, elle dit à tout va qu'elle n'a pas le temps pour l'amour, mais elle est intéressée par mon histoire. Elle aime voir les autres être amoureux. C'est une romantique dans l'âme malgré tout et elle veut en savoir plus sur Joshua et moi.

— De ce que tu me racontes, c'était *caliente.*
— Mmh, fis-je en hochant la tête.
— Pourtant, désolée de te dire ça, mais quand j'ai débarqué, il était tout sauf *caliente.*

Elle a enlevé ses chaussures et a posé ses pieds sur le bout de la table basse et s'est recouverte d'un plaid. Les chocolats sont entre nous deux, sur le canapé. Quant à moi, je suis assise en tailleur, tournée vers elle. Entre temps, j'ai enfilé le pull de Joshua, qui est trop grand, mais ultra confortable.

— C'est ma faute, ou plutôt c'est à cause de ça, dis-je en me penchant pour prendre la feuille.
— Une de tes fameuses listes ?

Mathilde connaît toutes les facettes de ma personnalité et de mes manies. Ce n'est pas pour rien que c'est ma meilleure amie. Elle se moque de mes listes à chaque occasion, mais pas cette fois-ci, elle sait que c'est du sérieux.

Elle m'arrache le papier des mains, et prend quelques secondes pour lire ce qu'il y a d'inscrit.

— C'est moche, dit-elle en buvant une gorgée.

— Non, mais attends, je vais t'expliquer. J'étais en train de la faire quand il est arrivé. Je n'ai pas fini, dis-je en lui reprenant la liste des mains. J'allais y ajouter une autre colonne, avec les choses positives.
— Je ne vois pas ce qui peut rattraper ça.
— Je sais, mais j'allais plutôt y mettre les choses qui ont changé.
— Du genre ? demande-t-elle, curieuse.

J'attrape un stylo sur la table basse et écris :

Joshua maintenant,

- *Son petit sourire en coin*
- *Il me demande si je vais bien*
- *Il s'inquiète de me voir triste*
- *Il me charrie*
- *Il n'a pas râlé pour les décos du bureau*
- *Il sait rigoler*
- *Il me regarde*

Je tends la feuille à Mathilde et engloutis un nouveau chocolat en attendant le verdict.

— Effectivement, ça n'a rien à voir, dit-elle en riant. Tu craques pour lui, hein ?
— En fait, je pense que j'ai toujours été attirée.

Mathilde sourit à pleines dents tout en me servant un verre.

— Et c'est que maintenant que tu t'en rends compte ?
— Comment ça ?
— Vu de l'extérieur, je peux te dire que ça a toujours été tendu entre vous.
— En même temps, vu son comportement, difficile de ne pas être tendu.
— Non, tu n'as pas compris. Tendu... sexuellement.
— Hein ? N'importe quoi.
— Je t'assure Lucie. Au bureau, il y a un pari qui tourne sur vous deux, dit-elle en se retenant de rire.

Je suis à deux doigts de recracher ma boisson sur elle, choquée de cette révélation. Mathilde ne se retenant plus, éclate de rire à gorge déployée. Après quelques instants, elle reprend :

— Je pense que cette histoire de pari a commencé un mois après ton arrivée. En fait, il était comme tu l'a décrit sur ta liste, mais il l'est surtout avec toi. Avec nous autres, il est plus cool, pas ouvert de dingue, mais quand même. Sauf que quand tu es là, il devient différent... Beaucoup plus distant. Bref, t'as compris.

La voir se mélanger les pinceaux me fait rire.

— Non, mais, t'es sérieuse ?
— J'te le dis ! On a vite compris qu'il se passait quelque chose, donc pas mal de paris ont été faits.
— Comme ?
— On a d'abord pensé que vous étiez des ex, puis de la même famille, mais qu'il ne fallait pas que ça fuite, ou alors que tu étais une fouine de la concurrence. Plein de trucs j'te dis !

— Quel est le dernier pari en date ? demandé-je, sans être sûre de vouloir savoir.

— Quand vous alliez enfin vous dire que vous étiez attirés l'un par l'autre. Et j'ai gagné ! dit-elle triomphante.

— Tu as parié sur moi ?

— Évidemment, confirme-t-elle en levant les épaules. Si je ne le faisais pas, ce ne serait pas drôle.

Elle prend un chocolat et me regarde, attendant ma réaction face à ses révélations.

— Je n'arrive pas à y croire... donc tout le monde voyait un truc que je ne savais pas moi-même ?

— C'est toujours comme ça ! Allez, trinquons !

— Pourquoi ?

— J'ai gagné mon pari !

— T'es pas croyable !

C'est ça le truc avec Mathilde, elle arrive toujours à me faire rire même quand le cœur n'y est pas. C'est impossible de lui en vouloir pour le pari, parce que le cas inverse, j'aurais aussi parié sur elle. Mathilde se lève pour aller chercher la bouteille laissée dans la cuisine.

Mon regard se perd sur le sapin qui clignote. Je repense à cette drôle de soirée. D'abord Joshua, son histoire personnelle liée à la mienne, nos baisers, ses mains sur moi. L'arrivée de Mathilde, le départ de Joshua. Je garde en tête le regard noir qu'il m'a lancé avant de partir. C'est sûr, sans l'arrivée de Mathilde, nous aurions fini ce que nous avions commencé, mais ensuite ?

— Tu m'as entendue ?

— Désolée, j'étais perdue dans mes pensées. Tu disais ?

— Je te disais que si tu voulais, je pouvais te dire ma raison de ma venue ! Parce que de base, j'étais venue te raconter quelque chose, dit-elle en remplissant nos verres.
— Ah, mais oui ! Raconte !

Elle prend un nouveau chocolat et croque à pleines dents.

— Tu me fais du suspense là ? demandé-je en attrapant aussi un chocolat.
— Un peu, rit-elle. Allez, je me lance ! Je crois qu'avec Simon, ça devient sérieux !
— Attends, qui ? Ne me dis pas que c'est le Simon que je crois ?
— Si, dit-elle. T'en connais d'autres peut-être ?
— J'ai loupé un épisode ? Depuis quand tu le vois ? Pourquoi lui ? Et depuis quand tu veux un mec ?

Nouveau fou rire. Je ne sais pas si c'est la boisson, l'excitation qu'il y a autour de nos histoires, ou les deux, mais j'ai l'impression que l'on ne va jamais arriver au bout de cette conversation.

— C'est bien Simon Roy, celui que tu as vu cette semaine ! En fait, je l'avais croisé le lendemain en ville, et on a bu un verre. Jusque-là, rien de spécial.

Elle me raconte son histoire comme si sa vie en dépendait. Elle y met le ton, les expressions de son visage changent à chaque phrase. Une vraie comédienne.

— On a décidé de se revoir. Juste comme ça, histoire de se voir quoi.
— Juste pour se voir ? Ouais, c'est ça !
— Je t'assure ! Ok, il est possible qu'on ait vraiment accroché, si tu vois ce que je veux dire. Mais je

n'avais jamais pensé à lui comme tel, juste c'était juste un collègue du boss, et point barre.

— Et ?

— Bah en fait, sans nous en rendre compte, on s'est vus tous les soirs de la semaine.

— Mais non ?!!

— Mais si, dit-elle souriante. Incroyable, hein ?

— Tu m'étonnes ! Allez, raconte la suite.

— Pendant la semaine, on a beaucoup parlé, et pas que boulot, tu vois ?

Je fais signe de tête et bois une nouvelle gorgée.

— Et hier soir, on a fini chez lui.

— Je m'y attendais, dis-je en souriant.

— Non, mais attends, ne me coupe pas ! dit-elle en me donnant une tape sur le bras. Tu sais que j'ai pour habitude de partir dans la nuit, mais là... j'étais bien. Il m'a même fait un petit-déj ! T'y crois ça ?

— Et donc ? m'impatienté-je.

— On a passé la journée ensemble.

— C'est pas vrai ! Ça te fait quoi ?

— Je me sens … bien, dit-elle après un instant de réflexion. Oui, vraiment bien.

— Je suis contente pour toi.

Elle rayonne tel un sapin de Noël. Ce soir, en la voyant débarquer, je ne m'attendais absolument pas à ce type de confidences. On passe le reste de la soirée à rigoler et à papoter. Elle rentre chez elle très tard dans la nuit.

Chapitre 14

Lundi 7 décembre

Le réveil est compliqué. Je maudis Mathilde d'être venue avec une bouteille et ses chocolats. On s'est goinfrées comme des enfants. On a vidé sa boîte et il ne doit rester que quelques rescapés dans la mienne. Quant à la bouteille, vide, plus une seule goutte. En arrivant dans le salon, je remarque tout de suite que le sapin n'a pas été éteint, et rien que la lumière clignotante me fait fermer les yeux. Ça promet pour la journée.

Mon café dans une belle tasse de Noël, je m'assieds sur le canapé et le sirote les yeux fermés. J'ai dormi avec le pull de Joshua et je n'arrête pas de penser à lui. Ou plutôt, à quel comportement avoir face à lui, après les évènements de la veille.

La douche m'aide à me réveiller. J'opte pour une tenue simple, une robe en jean qui arrive juste au-dessus du genou. Par-dessus, j'enfile un gilet long épais marron clair, des collants couleur chair et ma paire de Converses blanches.

Je suis légèrement à la bourre et ne peux bavarder avec Hervé sur le marché de Noël. Arrivée à l'agence, je croise Mathilde devant l'ascenseur. Même si l'on habite la même résidence, on ne va jamais au travail ensemble. On a déjà essayé plusieurs fois, mais on est toujours en retard. Elle me claque une bise, et demande :

— Toi aussi tu l'as dur ce matin ?
— M'en parle pas, je pense surtout qu'on a abusé avec les chocolats.
— J'avais encore un peu de place, fit-elle en tapotant son ventre. Alors, tu vas parler avec Brown ? reprend-elle plus sérieusement.
— Oui, il faut que j'arrive à le chopper.
— Pour parler ou … ?

Elle ne finit pas sa phrase, mais son regard veut tout dire.

— Arrête, pas ici, dis-je en lui filant une tape sur le bras.
— C'est bon, on est que toutes les deux !

Elle lève les bras pour me montrer le vide autour de nous.

— Ce n'est pas une raison.

Les portes s'ouvrent à notre étage. Elle se dirige vers son bureau et moi je continue le chemin jusqu'au mien. La porte du bureau de Brown est fermée.

— Bonjour Lucie, me salue Raphaël tout sourire.
— Bonjour Raph, je n'avais pas vu que tu me suivais.
— Je vois ça, dit-il en riant. Tu vas bien ?

Il allume le sapin ainsi que la guirlande électrique qu'il a ajoutée sur son bureau.

— Comme un lundi, dis-je simplement.

— Week-end fatigant ?

— Plutôt la soirée que j'ai eue hier soir, dis-je en fixant la porte du bureau. Tu as croisé Brown ce matin ? lui demandé-je en me tournant vers lui.

— Euh ... je viens d'arriver, déclare-t-il en montrant son écran d'ordinateur encore éteint. Tu... es sûre que ça va ?
— Oui, oui, je suis dans mes pensées, excuse-moi. Allez, beaucoup de choses doivent être réglées aujourd'hui, on ne doit pas perdre une minute !

J'enlève mon manteau, et me dirige vers la porte du bureau de Brown. J'ai pour habitude d'utiliser son porte-manteau. Je frappe trois coups et attends. Rien. Je retente ma chance, mais toujours rien. Je vérifie, la porte est fermée à clé. Étrange, Joshua est toujours le premier à arriver au bureau. Je récupère la clé de secours dans mon tiroir de bureau, et ouvre doucement la porte. Personne. Je dépose mon manteau à l'endroit prévu et referme la porte, mais pas à clé.

Intriguée par son retard, j'allume mon ordinateur et commence à inscrire de nouvelles choses à faire sur ma to do-List. Ensuite, je vérifie les mails. Il y en a un de la part de Joshua. Mon cœur cogne instantanément.

« Je ne serai pas présent jusqu'à jeudi inclus,
Annulez mes rendez-vous.
Brown »

— Plus froid que ça, tu meurs, murmuré-je.
— Tu m'as parlé ? demande Raphaël en se tournant vers moi.

— J'ai un mail de Brown, il ne sera pas là de la semaine. Il ne revient que vendredi, tu peux voir pour déplacer ses rendez-vous ?
— Je fais ça tout de suite !

Qu'est-ce qui s'est passé pour qu'il s'absente comme ça ? Est-ce lié à hier soir ? Je secoue la tête. Faut que j'arrête de tout ramener à nous, à moi.

Raphaël passe sa journée au téléphone et à envoyer des mails pour décaler tous les rendez-vous de Brown. Quant à moi, je passe ma journée à faire la même chose, mais pour les deux évènements que j'organise. On est à neuf jours de l'après-midi avec les enfants, ce n'est pas le moment de chômer.

Les journées passent. Nous sommes jeudi soir, et toujours aucune nouvelle de sa part.

Je passe la soirée avec Mathilde et Lucas. Ils veulent absolument m'emmener dans ce nouveau bar karaoké. On s'est installés autour d'une table, pour manger des tapas accompagnées d'une bière. On chante en même temps que celui ou celle qui tient le micro. Jusqu'au moment où Mathilde va elle-même sur la petite scène. C'est une excellente soirée.

Sur le chemin du retour, la conversation s'oriente sur le sujet « *Brown* ». Lucas est au courant de tout ce qu'il s'est passé. Il n'est pas étonné que Mathilde engage, encore une fois, la conversation sur lui.

— Allez, envoie un message, supplie-t-elle.
— Mais non, laisse-moi tranquille.
— Qu'est-ce qui t'en empêche ?
— Il est tard, dis-je sans trouver d'autres excuses.

Elle se met à rire, ou plutôt, à se moquer de moi.

— Arrête d'avoir des excuses bidon, et fonce !
— Tu veux que je lui dise quoi ?
— Parle-lui de la journée de demain, propose Lucas.
— C'est nul, dit Mathilde. Dis-lui qu'il te manque.
— De quoi ?
— Je te connais ma petite, ça ne marche pas avec moi.

Elle m'agace à me connaître aussi bien.

— Allez, vas-y, tu tapes et tu envoies. C'est fini.
— Elle n'a pas tort, intervient Lucas.

C'est vrai, à quoi bon me faire un sang d'encre ? Ce n'est qu'un simple texto. Je prends mon courage à deux mains et envoie un message à Brown. Après avoir écrit la première chose qui me vient, je ne réfléchis plus, et appuie sur envoyer, retenant ma respiration.

« J'espère que tu vas bien ?

N'oublie pas,

demain c'est journée pull de Noël ! 😊 »

Au fond de moi, j'ai l'intime espoir qu'il me réponde, mais n'ose pas le dire à Mathilde et Lucas. Je range mon téléphone au fond de mon sac et nous reprenons notre chemin. L'air est frais, mais ça fait du bien. De retour à la résidence, nous nous embrassons et chacun rentre chez soi.

Je file directement à la douche et me fais un petit lait chaud au miel. C'est au moment d'aller me coucher que je me rappelle mon téléphone laissé dans mon sac. Je retiens mon souffle en l'allumant.

Rien. Aucun message, aucun appel. Le néant. Il n'a même pas pris la peine de me répondre. Déçue, je décide d'aller me coucher.

Chapitre 15

Vendredi 11 décembre

Je suis en pleine forme et c'est une belle journée qui m'attend. Je prends plusieurs minutes pour choisir mon plus beau pull de Noël parmi ma collection. Je choisis celui qui représente le père Noël, ou plutôt son corps. Sur le haut du pull, sa barbe est dessinée et l'on peut apercevoir du blanc sur le bout des manches pour représenter la fourrure blanche de sa veste. Sous la barbe, il y a une grosse ceinture, comme sur sa tenue originale. Je suis moi-même devenue le père Noël avec ce pull.

Arrivée à l'agence un peu plus tôt, je prends le temps de finir les derniers détails pour le programme de la journée. Le mois dernier, j'ai réussi à convaincre Brown de donner une après-midi de congé à tout le monde pour pouvoir la passer tous ensemble au marché de Noël. Il était contre, mais mon argument « *c'est pour faire vivre la cohésion d'équipe* » a tapé dans le mille et il a accepté après plusieurs jours d'acharnement.

Cette fameuse après-midi au marché de Noël est pour aujourd'hui, et elle tombe le même jour que la journée du pull de Noël. Je suis excitée comme une enfant à la veille de Noël. Pour couronner le tout, j'ai également prévu de faire un échange de cadeaux, et c'est ce matin que le tirage au sort a lieu.

Avec Raphaël nous avons bossé sur une boîte faite main. Il a donné l'idée de la faire en forme de maison en pain d'épice. J'ai trouvé ça génial et pile dans le thème. Pour la confectionner, nous sommes restés quelques soirs après le travail, une demi-heure par ci, dix minutes par là. Elle est magnifique. À l'intérieur, j'ai déposé les papiers où sont inscrits les vingt prénoms des participants, soit tout le monde dans l'agence.

J'installe la boîte sur un plateau, et m'attèle à préparer les petits cadeaux pour chacun. Pour rendre ce moment encore plus chaleureux, j'ai décidé de faire une petite pochette surprise. À l'intérieur, j'ai glissé un sucre d'orge ainsi qu'une sucette en chocolat en forme de père Noël. Et ce matin, je me suis arrêtée à la boulangerie pour prendre leurs fameuses petites brioches en forme de sapin. J'ai hâte de voir la réaction des collègues.

— Bonjour, Lucie ! salue gaiment Raphaël.
— Ça va ?
— Oh oui, j'avais hâte d'être aujourd'hui !

Il me montre un sac en tissu. Je lâche ce que j'ai entre les mains pour pouvoir le rejoindre à son petit bureau et y découvrir son contenu.

— M'en parle pas, j'ai l'impression que j'ai cinq ans et que je vais avoir des cadeaux ! Ça faisait longtemps que je n'avais pas été aussi excitée !
— Ah bon ? fit une voix grave dans mon dos.

Merde, il choisit toujours son moment pour débarquer celui-là, ce n'est pas possible. J'opère un demi-tour pour me retrouver devant Brown.

— Bonjour monsieur Brown, dit Raphaël timidement.
— Qu'est-ce qui vous excite Lucie ?

Il ignore totalement Raphaël. Le regard qu'il me lance est un mélange de colère, d'excitation, de secrets. Lui comme moi savons ce qui m'a excitée dernièrement, et pas plus tard que le week-end dernier. Je me suis refait la scène des dizaines de fois cette semaine, malgré la colère que je ressens envers lui et son silence.

— Je ne sais pas, à vous de me le dire, le provoqué-je.

Raphaël se tend à côté de moi. Il m'a déjà dit que Brown l'impressionnait donc de me voir le provoquer, ne le rassure pas.

— Pardon ?
— La journée d'aujourd'hui ! dis-je comme si de rien. Avec Raphaël, nous y avons passé beaucoup de temps. C'est la concrétisation de notre travail.
— Je vois, répond Brown, les lèvres pincées. Lucie, dans mon bureau !

Je n'attends pas une seconde et le suis. Il enlève son écharpe ainsi que son manteau, et les range à leur place attitrée. Je suis restée sur le pas de la porte, comme je le fais toujours.

— Fermez la porte.

Je sais qu'il est encore en colère à cause de ce que nous avons fait dimanche, ou plutôt, à cause de la liste que j'ai écrite. Mais c'est pire qu'avant. Et le fait de lui répondre, ici, sur notre lieu de travail, ne m'aide pas à calmer le jeu. En rabattant doucement la porte, je croise le regard d'un Raphaël étonné de voir cette porte se fermer. Je soulève les épaules pour lui dire que je ne sais pas non plus, et ferme la porte.

Toujours face à la porte, la poignée dans la main, je sens sa présence juste derrière moi.

— Ne refais plus jamais ça, chuchote-t-il à mon oreille.

Il ne me touche pas, mais de le savoir si près me fait de l'effet. Excitation, peur. Excitée parce que ça me rappelle obligatoirement le rapprochement que nous avons déjà eu il y a quelques jours. Apeurée, c'est plutôt pour les représailles. Je sais qu'il n'est pas un mec violent, mais ici nous sommes au travail et il est mon patron. Il peut me virer, et je n'y avais pas pensé. Je déglutis et me retourne doucement pour me retrouver face à lui.

Je suis collée à la porte et lui se tient à moins d'un pas de moi. Il a dû se pencher vers moi quand il m'a parlé à l'oreille. Son regard, d'un bleu intense aujourd'hui, est électrique.

— Si tu veux tenir tête à quelqu'un, fais-le à d'autres, mais ne joue pas à ça avec moi.
— Pourquoi ?
— Je pense que tu n'as pas compris de quoi je suis capable.

Il est en colère, je le vois, je le ressens. Pourquoi ça le met tant sur les nerfs, alors que ça a toujours été comme ça entre nous ? Enfin, pour le côté professionnel.

— Détrompez-vous monsieur Brown, je l'ai bien compris.

Il est surpris de mon vouvoiement. S'il veut se la jouer patron ici, dans son bureau fermé, je vais jouer aussi.

— Je pensais vous prévenir par mail dans quelques jours, mais je vais le faire maintenant. J'ai sérieusement réfléchi à ce que Simon a dit lors du déjeuner l'autre jour, et sa proposition de travailler pour lui m'intéresse. De toute façon, mon contrat ici est bientôt terminé, il faut que je pense à la suite.

Je mens. À moitié. J'ai repensé plusieurs fois à la proposition de Simon en ayant des doutes. Je ne sais pas si c'est fondé et s'il n'a pas dit ça juste pour être sympa envers moi. Mais de penser à la suite, cette partie-là, est vraie. Mon contrat se termine mi-janvier, je vais forcément devoir chercher un nouveau travail.

— Tu souhaites partir ?
— Comme je viens de vous le dire, mon contrat se termine bientôt, lui rappelé-je.
— Et ? Tu n'as pas imaginé que j'allais te proposer de rester ?
— Non.

C'est sorti en une fraction de seconde, mais c'est la vérité. À aucun moment je n'ai imaginé rester ici. Brown est un bon patron, certes, mais je n'ai jamais eu de compliments ou de félicitations sur mon travail. À part la fois où il m'a dit qu'il allait prendre mes idées pour le projet de fin d'année. En un an, ça fait peu. Alors comment aurais-je pu imaginer que je pouvais rester ?

— Tu as raison.

C'est bien ce que je pensais, mais ça fait bien plus de mal de l'entendre que de simplement émettre des suppositions.

Je suis déçue, mais je ne peux pas l'admettre devant lui. De plus, il a réussi à me faire taire, car je ne trouve rien à répondre à cela.

— Tu peux retourner travailler.

Il me lance un dernier regard que je ne sais pas décrypter, et va s'installer à son bureau.

J'ai voulu le défier, j'ai perdu. Toute ma bonne humeur du matin s'est envolée. À cause de lui. Comme d'habitude. Je me retourne vers la porte pour sortir du bureau, quand il ajoute :

— Et arrête de m'envoyer des textos.

J'ai envie de rétorquer. Lui dire que ce n'est arrivé qu'une seule et unique fois, mais je décide de me taire. C'est peine perdue. Je n'ai plus envie de me battre contre lui. Il m'a bien fait comprendre qu'il est plus fort que moi à ce jeu, donc autant arrêter les frais maintenant.

Chapitre 16

En sortant du bureau de Brown, je vois Raphaël qui s'attèle à finaliser les pochettes surprises. Un sourire plaqué sur mon visage, je le rejoins.

— Alors, t'en es où ?

À son regard, je comprends que mon sourire est loin d'être joyeux, mais il fait comme si de rien n'était, et enchaîne :

— J'ai eu une idée ce matin donc je suis allé faire quelques courses. Regarde !

Il me tend le sac en tissu qu'il a amené. À l'intérieur, il y a plusieurs choses. Des paquets transparents qui contiennent une cuillère en bois au bout de laquelle est accroché un gros morceau de chocolat ainsi que des bébés chamallows. Idéal pour se faire des chocolats chauds en cette période. Il a aussi acheté une petite décoration pour mettre dans le sapin. Ils ont la forme de bonhomme en pain d'épice. Et il a eu l'idée d'imprimer une recette de biscuits de Noël qu'il a enroulée et fermée avec une petite ficelle rouge.

— Waw Raph, c'est génial !

— La recette de biscuits, c'est celle de ma mère. Ce sont les meilleurs biscuits que je n'ai jamais mangés. Du coup, j'ai tout imprimé hier et je me suis dit que ça pouvait être cool de partager ça.

— Mais oui, c'est une idée de génie. Mais, tout le reste ? Faut que je te rembourse !

— Non Lucie, arrête. Si je le fais, c'est parce que j'en ai envie. On s'en fout de l'argent.

Il m'impressionne. Lui qui était si discret et timide à son arrivée, il se dévoile au fil des jours. Je l'adore. J'aime beaucoup travailler avec lui.

Les idées de cadeaux, nous les avons eues ensemble, je ne peux pas le blâmer de vouloir faire plaisir aussi. J'aurais pu en faire une note de frais, mais puisque ce sont des cadeaux, il en est hors de question. Raphaël me fait comprendre que c'est pareil pour lui.

Je suis en train de me coiffer de mon bonnet de père Noël quand Raphaël me regarde avec de gros yeux.

— Non, mais, j'adore ton pull !

— Merci, dis-je en riant. J'avoue, c'est celui que je préfère parmi ma collection.

— J'comprends. Je fais tache à côté de toi !

— Tu rigoles ? lui dis-je étonnée. Le tien est original, soit fier de le porter !

Son pull est vert sapin, ce qui fait parfaitement ressortir ses cheveux courts roux. Dessus, il y a des mots inscrits comme « *Merry Christmas* » ou « *Ho ! Ho ! Ho* ! ». Alors que je suis en train de regarder son pull de plus près, en quelques secondes, nous partons en fou rire.

— Ça va, je ne vous gêne pas ?

Étant dos à la porte du bureau de Brown, je ne l'ai pas vu sortir. Raphaël, à mes côtés, se fige. Je me retourne lentement, agacée. Nos regards se captent.

— Nous ne faisions que rire un peu.
— Vous n'avez pas de travail ? demande sèchement Brown.
— Nous allons faire le tirage au sort pour les cadeaux.

Pour essayer de calmer le jeu, je lui montre le plateau et la boîte, prêts à être emportés. Ce n'est pas le moment de faire des vagues. Déjà tout à l'heure, c'était compliqué. Pour une fois, il faut que je me fasse toute petite.

— Vous pouvez tirer au sort si vous le souhaitez, dit Raphaël timidement.
— Je ne participe pas à ces idioties.

Je sais qu'il n'aime pas ce genre de choses, mais de là à faire des remarques, c'est bas. Même venant de sa part.

— Ça m'aurait étonnée, marmonné-je.

Brown est sur le point de partir quand il se tourne vers Raphaël et dit d'un ton faussement joyeux :

— Mais pourquoi ne pas changer d'avis ? Je vais jouer !
— Vr-vraiment ? bégaie Raphaël.
— C'est quoi exactement ?

Génial, manquait plus que ça.

— Vous avez le prénom de tout le personnel ici, dis-je en prenant la boîte en main. Vous piochez un prénom, que vous gardez secret, et à la soirée du 18 décembre, on s'échangera nos cadeaux. Ça s'appelle « *Secret Santa* ».

— Ok, dit-il en avançant sa main.

— Vous êtes sûr de vous ?

— Oui.

— D'accord, comme vous le sentez !

J'ouvre le toit de notre maison en forme de pain d'épice et la lui tends. Il plonge sa main et retire un morceau de papier quelques secondes plus tard. Nos regards ne se sont pas lâchés, j'en ai des frissons.

Comment est-ce possible que je continue à le trouver attirant avec la conversation de tout à l'heure ? Il m'a fait comprendre que je n'ai pas ma place ici pour la suite, à *Little Brown*, ni même dans sa vie, et moi, je continue à le regarder dans les yeux en espérant quoi ? J'agis comme une ado devant son *crush*.

Il faut oublier tout ça, surtout quand je suis au travail. Ici, il est Brown, mon patron. Ici, il n'est pas ce mec gentil qui me raccompagne en me tenant la main jusqu'en bas de chez moi. Ici, il n'est pas celui que j'ai embrassé sur mon canapé. De plus, je ne dois pas oublier la facilité qu'il a de m'ignorer. En agissant ainsi, il me fait comprendre que la première liste que j'ai faite était exacte.

Je secoue la tête. Je dois passer à autre chose.

— Alors ? demande Raphaël curieux.

Brown ne prend pas la peine de répondre. Il met le bout de papier dans sa poche sans l'ouvrir et part vers l'ascenseur.

— Bon, faut qu'on rajoute son nom dans la boîte du coup.

— En fait, je l'avais déjà mis, dit Raphaël hésitant.
— Comment ça ?
— Je ne savais pas s'il allait participer, mais je pensais vraiment qu'il allait vouloir.
— Tu n'as toujours pas compris qu'il n'aime pas tout ça ? demandé-je en montrant notre bureau.
— Euh, je pensais juste qu'il allait faire une exception pour le jeu. C'est vrai, qui n'aime pas recevoir des cadeaux ?
— Lui.
— Ok, admettons, dit-il poliment. Mais regarde, ça a fonctionné puisqu'il fait partie des joueurs.

Je lui souris. J'ai toujours la boîte en main, Raphaël prend le plateau et nous faisons le tour de nos collègues. Ils ont tous joué le jeu, chacun est vêtu d'un pull de Noël. Certains ont même ajouté des accessoires à leurs tenues comme des chapeaux de Noël ou des chaussettes aux couleurs rouges et vertes qu'ils nous montrent fièrement en levant leur bas de pantalon.

Lucas et Mathilde ont tapé dans le mille. Étant faux jumeaux, ils ont joué la carte de « *on s'habille pareil, mais pas totalement* ». Lucas a un pull bleu marine avec des sucres d'orge par centaines. Alors que Mathilde est habillée d'un pull, de la même couleur, orné d'une multitude de petits sapins verts. Tous deux ont un pin's accroché qui représente le père Noël.

— Vous êtes parfaits !
— Merci, Lucie, tu n'es pas mal non plus, me dit Lucas en piochant un papier dans la boîte.
— Alors, tu as qui ? lui demande Mathilde.
— Mmh, j'ai pioché George.

— Merde, dit-elle. J'espère avoir mieux.

— Avoir mieux ? demande Raphaël.

— Ne te méprends pas Raph, je m'entends bien avec tout le monde ici, mais il y en a certains avec qui j'ai moins d'affinités, répond Lucas.

— C'est normal, dit Mathilde, puis la différence d'âge n'aide pas sur ce coup.

George est un homme à la retraite, mais comme il s'ennuie chez lui, il continue de passer son temps dans les locaux. Pour preuve, il participe à l'échange de cadeaux.

— Je vais bien trouver un truc ! dit Lucas.

— Mais oui, dit Mathilde en piochant à son tour. Alors… Yes !

Elle a crié tellement fort, qu'elle a fait sursauter les personnes autour de nous.

— Désolée, dit-elle en baissant la voix.

— Tu as eu qui ? demandé-je, impatiente de savoir.

— Pas toi bichette, lance-t-elle avec une moue déçue. Mais j'ai eu Julia !

— Ah, merde, me lamenté-je, déçue.

— Tenez, c'est pour vous.

Raphaël leur tend une pochette surprise chacun, et tous deux sont ravis de ce présent. Nos cadeaux ont fait l'unanimité, on est ravis, mais surtout fiers d'avoir eu cette idée.

— Bon, il ne reste que toi et moi, Raph. Vas-y, pioche.

Je lui tends la boîte et réfléchis aux deux noms qui peuvent rester. Certaines personnes ont joué le jeu et n'ont rien dévoilé alors que d'autres, comme Mathilde, n'ont pas pu garder le secret bien longtemps. C'est donc compliqué de connaître les noms inscrits sur les deux derniers papiers.

— Alors, alors ? demandent Lucas et Mathilde à l'unisson.
— Désolé, mais je garde le secret ! dit-il en regardant discrètement son bout de papier.
— Oh non, vas-y, dis ! Tu le sais pour nous.
— Oui, mais je ne vous ai rien demandé.
— Il n'a pas tort, dis-je en riant.
— Vas-y Lucie, pioche et dis-nous.
— Certainement pas !

Sans laisser le temps de répondre, je prends la boîte sous le bras et pars jusqu'à mon bureau. Je jette des coups d'œil à mes collègues en passant et ce que je vois me donne du baume au cœur. Ils sont tous avec un énorme sourire aux lèvres, parlant en petit groupe. Heureusement que Brown n'est pas là car il n'aurait pas apprécié ce petit temps de pause, mais peu importe, aujourd'hui n'est pas une journée comme les autres.

Raphaël est resté papoter un peu avec Lucas et Mathilde. Étant seule à mon bureau, j'en profite pour regarder le bout de papier qu'il reste dans la boîte. Le cœur battant, j'ouvre le bout de papier.

Ce que je vois me fait perdre le sourire, mon cœur tape à ne plus s'arrêter.

— *Putain.*

Le nom inscrit est … Brown.

Chapitre 17

Il faut que ça tombe sur moi. Il faut qu'il joue à ce jeu stupide d'échange de cadeaux. Il faut que je lui trouve un cadeau, *bordel*.

Je déchire le morceau de papier en petits morceaux, il va falloir que je les cache au fond de ma corbeille. Personne ne doit savoir. Pour le moment.

Sur les nerfs, je me lève et me plante devant la fenêtre.

— C'est du n'importe quoi, murmuré-je.

— Toujours pas au travail ? demande froidement Brown.

Mon cœur fait un bond. Ce n'est pas vrai, il le fait exprès ? Qu'est-ce qu'il me veut encore ?

— Si.

— En regardant par la fenêtre ?

— Je prenais trente secondes pour mettre mes idées au clair.

Je l'entends se rapprocher de moi, mais il est hors de question qu'il me fasse encore un coup de « *je me colle à toi, mais je suis ton patron* ». Je me retourne et nous nous fixons. Un pas nous sépare et pourtant, je sens son parfum d'ici.

Je secoue la tête, comme à chaque fois que je veux passer à autre chose. Surtout quand il s'agit de lui.

— J'espère que vous êtes satisfait de la personne que vous avez piochée, lui dis-je gentiment.
— Je ne pouvais rêver mieux.

Le retour du sourire en coin, manquait plus que ça.

— Tant mieux alors.
— Oh, monsieur Brown, intervient Raphaël. Tenez, c'est pour vous.

Il lui tend la dernière pochette surprise.

— J'ai oublié de vous la remettre tout à l'heure.
— Je ne pense pas que Monsieur Brown la prenne. Il ne va pas aimer, dis-je en tendant le bras pour l'attraper.
— Pourquoi ? demande Brown en me regardant droit dans les yeux.
— C'est rempli de chocolats.

En le disant à voix haute, je me rends compte que je suis en train de parler d'une chose dont je ne suis pas censée être au courant. C'est vrai, qui peut savoir que le boss n'aime pas le chocolat ?

— Oh vraiment ? demande Raphaël.
— Oui.

Brown répond simplement et Raphaël ne remarque pas que c'est moi qui ai donné l'information.

— Si vous voulez, il y a une décoration à mettre sur votre sapin.
— Je n'ai pas de sapin.

Raphaël est gêné et ne sait plus quoi dire de peur d'aggraver la situation. Brown le sort de là.

— Donnez tout ça à Lucie.
— Vous êtes sûr ? demandé-je surprise.
— J'ai entendu dire que vous étiez une grande amatrice de chocolat, donc oui, je suis sûr.

Il me fait un clin d'œil discret et part s'enfermer dans son bureau.

Le reste de la matinée se passe dans une atmosphère joyeuse. L'heure de la pause sonne, mais pour essayer de compenser l'après-midi au marché de Noël, je décide de grignoter les petites denrées données en cadeau tout en continuant de bosser.

Après avoir mangé la moitié de la brioche, je remarque qu'il y a des miettes partout sur le bureau. Dégoûtée, je prends le dernier gros bout et le mets dans ma bouche. Tout en mâchant de façon très peu glamour, j'époussète mon clavier.

— Vous n'êtes pas partie ?
— Hein ?

J'aurais reconnu cette voix entre mille, mais je veux être sûre de moi. En relevant la tête, je découvre Brown un petit paquet à la main, qui m'observe.

— Bon appétit.
— Merchi.

Je me maudis d'avoir mis un si gros bout dans la bouche. Décidément, j'accumule les bourdes ces derniers temps.

— Qu'ech-que ch'est ? demandé-je en lui montrant le colis entre ses mains.
— Curieuse ?
— Décholée.

Pendant un instant, j'ai oublié que je ne suis que son assistante et que ce n'est pas commun de demander à son boss ce que peuvent contenir ses colis. Et pendant un instant, j'ai oublié que je ne voulais plus lui adresser la parole avec ce qu'il s'est passé ce matin dans son bureau.

— J'ai trouvé quelque chose pour… cette journée spéciale.

Il jette des coups d'œil autour de lui de peur que l'on nous surprenne. Je me penche un peu vers lui, finissant ma bouchée.

— C'est un secret ? chuchoté-je.
— Presque.

Il ouvre la boîte et j'y découvre une cravate roulée.

— Un secret ? Ça ? Cette simple cravate ?
— Vous êtes une impatiente Lucie.

Il veut se la jouer plaisantin maintenant ? Le fait d'avoir pris l'air a dû le faire revenir à la raison.

— Je me suis dit qu'il fallait que je fasse un effort pour aujourd'hui. Donc, voici ma contribution.
— Une simple cravate ? répété-je.
— Elle n'est pas simple. Elle est bleue.

— Merci pour le détail, mais pour être tout à fait juste, elle est bleu nuit.

Il me sourit. Bon dieu, à quel moment ce jeu du chaud-froid va-t-il s'arrêter ? Il faut que j'y mette un terme, qu'on en discute. Je suis paumée.

— Regardez.

Il la sort de sa boîte et la déroule.

— Oh !

Au bout de la cravate, un simple « *Merry Xmas* » est écrit en blanc.

— Mais… pourquoi ?
— J'en avais envie… pour toi, chuchote-t-il.

Un frisson me parcourt l'échine. Je suis toujours penchée vers lui, seul mon bureau nous sépare. J'en oublie où nous sommes jusqu'à ce que Raphaël nous coupe de notre bulle.

— On a de la chance, la neige n'est finalement pas attendue pour cette après-midi.

Je me redresse sur ma chaise en lissant mon pull. Brown n'a pas bougé d'un iota, légèrement penché au-dessus de mon bureau.

— Vous tombez bien, euh… Alphonse.
— Il s'appelle Raphaël, dis-je en souriant.

Raphaël est tellement concentré sur son téléphone qu'il n'a pas remarqué la présence de Brown, alors qu'il vient de passer à côté de lui.

— Que pensez-vous de ma cravate, Raphaël ?

Surpris, l'interpellé relève les yeux de son téléphone pour faire attention à nous.

— Elle est jolie, dit-il prudemment.
— Merci.

Brown qui dit *merci*, j'aurais tout entendu.

— Bien, juste le temps de la mettre et nous pourrons partir au marché.

Non, c'est là, maintenant, que j'ai vraiment tout entendu.

— Vous venez au marché de Noël ? hoqueté-je.
— Bien sûr.

Il est déjà en train de défaire la cravate qu'il a autour du cou tout en allant dans son bureau. Je me lève en une fraction de seconde et le rejoins.

— Vous n'avez pas des rendez-vous cette après-midi ?
— Arrêtez, Lucie, je vais finir par croire que vous ne voulez pas de ma présence.

La porte n'étant pas fermée, Raphaël peut nous entendre, sans doute pour ça qu'il me vouvoie.

— Ce n'est pas ce que j'ai dit, monsieur Brown. Je pensais juste que votre planning était complet.
— Était, oui, dit-il, concentré sur son nœud de cravate. Écoutez, vous m'aviez parlé de cohésion d'équipe, de bonne humeur et plein d'autres choses. Je veux voir ça de mes propres yeux.
— Très bien. Je vais annuler vos rendez-vous, dis-je en faisant demi-tour.
— Attendez !

Je m'arrête net. Il m'a plus aboyé dessus qu'autre chose. Raphaël, qui est installé à son bureau, me jette un coup d'œil.

— Vous pouvez juste me dire si mon nœud est correct ? Sans miroir, je n'y arrive pas.

Je fais un signe de tête à Raphaël et me tourne vers Brown. Son nœud étant de travers, je vais devoir l'aider.

— Vous permettez ? demandé-je en faisant signe vers sa cravate.
— Évidemment.

Je me rapproche de lui.

— Je ne voulais pas te crier dessus, chuchote-t-il.
— D'accord.
— Lucie, continue-t-il, je pense que nous devons discuter.
— Je suis d'accord.
— Ce soir, après le marché ?
— Parfait.

Nous nous fixons quelques instants. Avec sa cravate bleu marine, ses yeux sont plus foncés. C'est hypnotisant de voir leur couleur bleue changer selon son humeur. Déstabilisant, mais hypnotisant. Les mains toujours sur son nœud de cravate, je reste là, sans bouger. Oubliant la porte restée ouverte, oubliant tout ce qui se passe autour de nous.

— Je suis ravie que tu viennes.

J'ai dit ça si bas que je ne suis pas sûre qu'il m'entende. Mais au moment où j'enlève mes mains, il me fait un sourire qui veut tout dire.

— Lucie ? On part à quelle heure déjà ? demande un petit groupe de collègues surexcités dans l'open-space.

Retour à la réalité.

— On part dans dix minutes, m'exclamé-je en criant à moitié, toujours le regard ancré dans celui de Brown.

Son sourire s'élargit et je sors du bureau. Je retrouve Mathilde, Lucas ainsi que deux autres collègues touchants à mes décorations de Noël.

— Ok, cinq si vous voulez.

— Ouaaaaaaais, crient les collègues.

Les cinq minutes se transforment en deux. Juste le temps d'envoyer un mail aux rendez-vous prévus de Brown. Il ne reste plus que mes guirlandes clignotantes et mon ordinateur à éteindre.

Tout le monde se regroupent en bas de l'immeuble. Je dois élever la voix pour me faire entendre de tous.

— Éclatez-vous !
— OUAAAAAIS !!

Étant un groupe d'une vingtaine de personnes, vêtues pour la plupart d'un chapeau de Noël, nous ne passons pas inaperçus dans les rues jusqu'au marché. Peu importe, tout le monde rigole, parle, s'amuse. C'est le principal.

— Merci, Lucie, pour ce moment, me dit George en me prenant sous le bras.
— Je t'en prie. Je regrette même que nous ne l'ayons pas fait plus tôt.

— Je suis d'accord, ajoute Mathilde en prenant mon bras libre. On aurait dû se faire une après-midi crêpes à la Chandeleur. Ou non, on aurait pu cacher les œufs en chocolat dans les bureaux.

— Du moment que l'on mange, en fait ? demande George.

— Bien évidemment.

C'est dans la bonne humeur que nous avançons jusqu'au marché.

Chapitre 18

On se met tous d'accord pour faire une activité dans l'après-midi : la grande roue.

C'est un passage obligé pour tous les amoureux du marché de Noël. La vue que l'on a du haut est magnifique. D'autant plus, quand le soir commence à tomber et que l'on voit le marché s'illuminer de toutes parts.

— On se prend un petit truc à manger ? demande Mathilde à tout le monde.

Le groupe crie son enthousiasme.

— On n'était pas venu pour ça ? demandé-je à George, en riant, toujours à mon bras.
— Alors, Lucie, où allons-nous ?

Mathilde est la seule qui sait que je viens travailler ici le week-end, et accessoirement, Brown. Si quelqu'un peut donner son avis sur la meilleure nourriture que l'on peut y trouver, c'est bien moi.

— Honnêtement ? Où vous voulez.
— Allez, dis-nous le meilleur du meilleur ! crie Lucas à travers le groupe.
— Ça dépend ce que vous voulez manger !

Des réponses fusent dans tous les sens. Il y a ceux qui veulent manger des crêpes, des chocolats, des chouchous. Puis, il y a ceux qui réclament du vin chaud. Je me détache de George et me mets bien en face du groupe, sur la pointe des pieds pour que tout le monde puisse me voir.

— J'ai quelque chose à vous proposer ! Si vous voulez, allez au stand que vous voulez pour manger et boire. Et on se retrouve dans une demi-heure à la grande roue. Comme ça, nous aurons le ventre plein pour profiter de la vue !
— Ouaaaaaais ! s'exclame le groupe.
— Super, à tout à l'heure !

Il n'est que quatorze heures. On a pris notre pause déjeuner il n'y a pas si longtemps, mais d'être dehors, à l'air frais, au marché de Noël, ça ouvre l'appétit !

Des groupes de trois à cinq personnes se dispersent dans les allées du marché. Je me retrouve avec Mathilde, Raphaël, Lucas et… Brown.

— Alors, vous voulez qu'on se mange quelque chose ? questionne Mathilde.
— J'aimerais un chocolat chaud pour ma part, dis-je en indiquant une allée.
— J'aurais aimé manger du pain d'épice, tu peux me dire où aller ? me demande Lucas.

— Par là, en indiquant une allée à l'opposé du chocolat chaud.
— Oh, ça t'embête si je t'accompagne ? lui demande Raphaël. Ce serait l'occasion que je goûte !
— Attends, tu n'en as jamais goûté ? s'étonne Lucas. Évidemment que tu vas m'accompagner !

Mathilde lance un regard à Brown et me crie :

— Attendez les garçons, j'arrive !

Je me retrouve seule avec Brown. Génial. Je pensais que cette situation ne pourrait pas se produire puisque nous sommes un groupe de vingt personnes. Comment est-ce donc envisageable ? C'est le karma qui me joue des tours, ce n'est pas possible autrement.

— Si tu veux, je peux aller ailleurs.

Il s'est rapproché de moi. C'est à croire qu'il entend les rouages dans mon cerveau. Je fais mon plus beau sourire, et lui dis :

— Non, bien sûr que non. Allons-y !

Nous marchons l'un à côté de l'autre, sans nous parler. Je connais les marchands et leurs produits par cœur, mais je ne peux pas m'empêcher de m'arrêter ici et là pour regarder les produits que j'affectionne tant. Je jette mon dévolu sur un marchand de boules à neige.

— Bonjour Lucie, comment vas-tu ? On n'a pas l'habitude de te voir à cette heure de la journée !
— Bonjour Arnold ! Eh oui, c'est une après-midi entre collègues et on a décidé de venir au marché. Voici mon patron, monsieur Brown. Monsieur Brown, voici Arnold.

Brown est resté en retrait, mais s'avance par politesse pour saluer le vendeur.

— C'est gentil de votre part de faire ça avec votre équipe !
— L'idée vient de Lucie, répond-il.
— Je ne suis pas étonné. Elle est d'une grande générosité cette Lucie.
— Arnold, arrête, dis-je, gênée.
— Vous avez raison, Arnold, ajoute, Brown.

Je sens le rouge monter à mes joues. Vite, un nouveau sujet de conversation.

— Dis, Arnold, si cette boule n'est pas vendue lors de ton dernier jour… mets-la de côté pour moi, s'il te plaît.
— Pas de soucis, Lucie, je peux te la garder dès maintenant plutôt que de la laisser en vente.
— Merci, mais ce ne serait pas raisonnable, tu le sais.

Nous avons déjà beaucoup discuté ensemble, et j'ai appris que s'il est sur le marché de Noël cette année, c'est un peu comme une dernière chance pour son commerce. Toutes les boules à neige ainsi que les décorations de Noël qu'il vend sont uniques et faites de ses propres mains. Les boules sont un peu moins à la mode ces dernières années, et les grands commerces lui piquent ses clients potentiels. Même si son commerce est réputé et fonctionne à l'international, ça devient compliqué.

— Comme tu veux, mais je te la garderai volontiers, fit-il accompagné d'un clin d'œil.
— Si elle est encore là dans dix jours, c'est que je dois l'acheter.

Je tends le bras au-dessus des boules exposées et prends celle que je convoite. À l'intérieur de la bulle d'eau en verre, la maison du père Noël en brique rouge est installée ainsi qu'un grand sapin décoré avec, au pied de celui-ci, des dizaines de cadeaux disposés dans la neige. Un traîneau avec des reines se trouve sur le toit de la maison. Sur le socle de la boule, de la neige est dessinée avec écrit « *Merry Christmas* » en relief et de couleur rouge, comme les briques de la maison. Quand on soulève l'objet, on y découvre une petite manivelle que je tourne comme une enfant. La mélodie de *Jingle Bell* retentit.

C'est à chaque fois la même rengaine quand j'ai une boule à neige entre les mains. Le cœur battant d'impatience de la faire vivre sous mes yeux, je la secoue dans tous les sens, la retourne et la garde dans les mains quelques instants. La neige tourbillonne et s'envole dans la bulle.

Les derniers flocons retombent, la musique s'est déjà arrêtée. Je repose la boule à sa place le cœur déchiré. J'ai expliqué à Arnold que mon contrat se termine le mois prochain, et que ce n'est pas raisonnable pour moi d'acheter cet objet qui coûte son petit pesant d'or. Il m'a dit qu'il me ferait un prix, mais quand il m'a raconté son histoire, c'en est devenu hors de question.

— À demain Arnold.

Je lui fais signe puis nous reprenons notre marche.

— Pourquoi attendre avant de la prendre ? me demande Joshua.

— Je préfère être raisonnable, dis-je évitant les détails.

Il comprend le message et ne continue pas la conversation. Arrivés devant le chalet de boissons chaudes, nous retrouvons un groupe de collègues dont Mathilde.

— Vous en avez mis du temps pour venir, me chuchote-t-elle en me prenant à part.
— On s'est arrêtés à un stand, t'es bien curieuse !
— Ah, mais d'ailleurs, je ne t'ai même pas demandé, comment ça se passe entre vous depuis la dernière fois ?
— C'est … bizarre. On se cherche puis l'instant d'après, lui comme moi, baissons les armes. On doit avoir une conversation tout à l'heure.
— Ah.

On me tapote à l'épaule, c'est Joshua qui me tend un gobelet fumant.

— Je me suis permis de te prendre un chocolat supplément chantilly et chamallow.
— Merci, dis-je timidement.

Mathilde qui assiste à la scène n'ouvre pas la bouche, mais son sourire en dit long. Elle rejoint le reste du groupe pour passer commande et me laisse avec Joshua.

— Vous ne buvez rien ?
— Je ne préfère pas, dit-il simplement.

J'opine du chef et on rejoint le groupe qui commence à se diriger vers le point de rassemblement : la grande roue. Les conversations vont dans de bon train, on est entourés d'un joyeux brouhaha. Arrivés à la grande roue, on trouve le reste de l'équipe qui nous attend.

Pour me faire entendre du groupe, je lève ma main libre en faisant attention de ne pas renverser la fin de mon chocolat chaud et l'agite en criant « wouhou ». Je vois chaque tête se tourner vers moi, attendant les nouvelles recommandations.

— Pour ceux qui ne le savent pas, nous pouvons nous mettre par quatre dans les nacelles de la grande roue. Donc, faites vos groupes !

Les groupes se constituent assez rapidement. Même si nous pouvons aller jusque quatre personnes, certains préfèrent être seulement à trois, voire à deux. Sans comprendre ce qui m'arrive, je me retrouve dans un groupe de deux, avec… Brown.

Mathilde qui s'est mise dans un groupe avec Lucas et Raphaël, me dit doucement et en articulant pour que je comprenne :

— Tu me remercieras.

Elle a son regard de celle qui fait un mauvais coup. Je comprends instantanément ce qui s'est passé. Je devais faire partie de son groupe, mais remarquant que Joshua était seul, elle a dû sortir un mensonge aux garçons. Eux, sans chercher plus loin, ont accepté. Après tout, c'est vrai, qui voudrait être avec son boss dans une nacelle de grande roue ?

Je la regarde dans les yeux et lui fais signe avec ma main libre. Je fais semblant de me trancher la gorge puis je la pointe du doigt en articulant :

— Tu es morte.

Elle rigole fort et se tourne vers la file pour la grande roue. Je regarde Joshua, me demandant si c'est le karma qui me fait aller vers lui, ou Cupidon, ou le père Noël, ou juste Mathilde. Ou peu importe. Mais ça commence à faire beaucoup. Bon, quand il faut y aller…

Chapitre 19

On est à deux pour la grande roue.

— À deux ? me demande-t-il perplexe.
— Ils ont fait leurs groupes et… il ne reste que nous deux.
— D'accord, dit-il en levant les yeux vers la grande roue.
— Ça va ?

Lui qui a pour habitude d'être confiant et fonceur, il laisse place à une facette de lui que je ne connais pas. Il n'est pas rassuré. Ses yeux vont et viennent sur des tas de choses, et surtout, il se passe la main dans les cheveux. Mon cerveau tilt.

— Vous avez… peur de la grande roue ? demandé-je doucement.
— Disons que je n'aime pas ça.
— Si vous voulez, nous pouvons rester ici le temps qu'ils fassent leur tour.
— Non, tu as fait un programme et c'était prévu d'aller à la grande roue.

Il me regarde dans les yeux et essaie de me sourire, mais c'est loupé.

— Je vous assure que…
— Non, on y va, me coupe-t-il.

Le côté boss autoritaire fait de nouveau surface.

— Bien, allons-y alors.

Nous nous installons dans la file d'attente, derrière notre groupe aux bonnets de Noël. À peine quelques minutes après, nous nous installons dans la nacelle. Joshua, qui n'était déjà pas rassuré sur la terre ferme, commence à virer au blanc quand la nacelle se met à bouger.

— Ne vous en faites pas, elle va se stabiliser d'ici quelques secondes, dis-je pour le rassurer.

Je m'assieds en face de lui, mais je me rends compte que ce n'est pas l'idéal. Je me lève et m'installe à ses côtés.

— Pourrais-tu arrêter de bouger dans tous les sens ? S'il te plaît ? me demande Joshua, stressé.
— Désolée.

Tellement surprise par son « *S'il te plaît* » que je ne sais pas quoi répondre d'autre. Au bout de quelques instants, nous prenons de la hauteur. Plus nous montons, plus Joshua regarde ses pieds.

— Vous voulez que l'on parle de quelque chose, pour vous faire oublier où nous sommes ?

Pas de réponse. Bien, je vais parler toute seule.

— J'ai remarqué que vous me tutoyez dès que nous ne sommes qu'à deux. C'est assez perturbant à vrai dire.

— …
— Encore merci pour le chocolat, dis-je en buvant les dernières gouttes de ma boisson. Oh, c'est pour ça que vous n'avez rien voulu boire tout à l'heure ? À cause de la grande roue ?

Toujours aucune réponse. Je pose le gobelet vide à mes pieds pour avoir les mains libres.

— C'est dommage, vous ratez la vue.

Nous sommes presque à l'endroit le plus haut de la roue. Nous nous arrêtons de temps en temps pour que d'autres personnes puissent monter elles aussi dans les nacelles, avant de faire plusieurs tours au complet sans s'arrêter.

— Que c'est beau ! dis-je en regardant vers le bas. Puis, tous ces gens qui déambulent dans les allées.
— Est-ce que tu peux arrêter de regarder par le dessus ?

L'entendre parler me fait sursauter, et par conséquent, bouger la nacelle.

— Bordel, grogne-t-il.
— Vous pouvez arrêter de râler un peu ? Je suis là pour regarder la vue, si vous ne voulez pas regarder, ce n'est pas mon problème.
— Je suis là, c'est déjà bien.
— Je vous signale que je ne vous ai pas forcé à monter.
— C'est vrai.

Je tourne la tête vers Joshua. Il fixe toujours ses pieds et joue avec ses doigts. C'est vraiment déstabilisant de le voir agir ainsi. Pour le calmer, j'attrape sa main et lie nos doigts. C'est un geste naturel et je ne me sens aucunement gênée de le faire avec lui.

— Merci, articule-t-il difficilement en relevant la tête vers moi.

La grande roue reprend vie et se met à faire le tour. Moi qui voulais profiter de la vue, je suis plutôt absorbée par les yeux de Joshua. Pétillants, de peur sans doute, mais aussi remplis de tendresse.

— Quand nous étions au marchand de boules à neige, tu as dit « *si elle est encore là, c'est que je devais l'avoir* ». Ça voulait dire quoi exactement ?

Je ne m'attendais pas à ce qu'il fasse la conversation et encore moins à ce qu'il aborde ce sujet-là.

— C'est un peu bête comme truc, mais… tu ne rigoles pas, d'accord ?

Il sourit de me voir le tutoyer. Étant donné que nous sommes main dans la main, je ne me vois pas continuer d'instaurer cette distance patron-assistante. Puis, c'est vrai que quand nous sommes seuls, c'est compliqué de garder cet échange très professionnel qu'implique le vouvoiement.

— Je t'écoute, fait-il, attentif, en me serrant les doigts un peu plus fort.
— Je pars du principe que tout arrive pour une raison. Les bonnes comme les mauvaises choses. C'est pour nous apprendre quelque chose sur nous, sur la vie, sur nos proches. En clair, c'est pour une raison. Donc si la boule est encore là dans dix jours, c'est que je devais l'avoir dans ma collection.

En terminant ma phrase, je percute que j'ai fixé et joué avec nos doigts tout du long. Ce n'est qu'au dernier mot que je relève la tête pour le regarder dans les yeux pour le sonder.

Il ne sourit plus, ne rit pas non plus. Il ne laisse rien paraître. C'est frustrant de ne pas savoir ce qu'il pense.

— Tu trouves ça débile, c'est ça ?
— Pas du tout.
— Mais ?
— Il n'y a pas de « mais ».
— Tu es sûr ? le questionné-je.
— Pourquoi y aurait-il un « mais » ?
— Ta façon de parler présageait qu'il y en aurait un.
— Non, je réfléchissais à ce que tu disais.
— Et ?
— Et c'est vrai, tu n'as pas tort.
— C'est tout ?
— Oui.

Un silence s'installe pendant lequel son regard plonge dans le mien. C'est intense. Je sens qu'il veut en dire plus, mais que quelque chose le retient. Je presse ses doigts pour lui faire comprendre qu'il peut parler, qu'il ne faut pas avoir de crainte avec moi, que je suis capable de tout entendre.

— Je pense tout de même qu'il y a une faille à ton truc.
— Laquelle ?
— Tu peux dire ce genre de chose pour une boule à neige, pour un rendez-vous loupé ou pour un jeu-concours que tu aurais gagné. Mais c'est tout.
— C'est-à-dire ?

Il se tait. À son regard je comprends ce qu'il a en tête.

— Tu veux parler de ma sœur, c'est ça ?
— Je ne pense pas que ça t'apprenne quoi que ce soit qu'elle ne soit plus là.

Sa réponse me laisse sans voix. Je ne sais plus quoi dire, ni quoi penser. Il a raison.

— Excuse-moi, je ne voulais pas paraître méchant.

Il veut me prendre dans ses bras, mais se rend compte que nous sommes dans la grande roue, avec un tas de collègues autour. Il se ravise et me reprend la main, la serrant encore plus fort qu'avant.

— Il n'y a pas longtemps que je m'en suis rendu compte, mais si, ça m'a apporté quelque chose, dis-je doucement.
— Quoi donc ?
— Je ne pensais pas me relever de ça, de son absence. C'est douloureux chaque jour qui passe, toutefois, grâce à ça, je suis une femme forte maintenant. Je ne dis pas que je pourrai supporter de vivre un tel drame tous les jours, ni même que c'est souhaitable, mais j'ai appris de quoi j'étais capable.

Je prends une grande bouffée d'air. À quel moment la conversation est-elle devenue si sérieuse, si tendue, si intense ?

— Tu as raison.
— Ce n'est pas important de savoir si j'ai raison ou non. C'est… juste mon point de vue.
— Je n'avais pas vu ça sous cet angle.

Nouveau silence. Moins pesant que les précédents malgré le sujet abordé.

— Merci, Lucie, dit-il tout bas.
— De quoi ?
— D'être comme tu es.

Je sens mon cœur battre intensément et je serre ses doigts aussi fort que je le peux. Je suis en train de détruire sa main, mais peu importe. Nos visages se rapprochent, je ne peux pas m'empêcher de fixer ses lèvres.

— OUUUUUAAAAAAIS ! crient mes collègues.

Avec Brown, nous ne bougeons plus d'un millimètre, prenant conscience de l'endroit où nous sommes. La nacelle de la grande roue. On se lâche la main en même temps, et nous reprenons nos places, droits comme des i, comme si rien ne s'était passé. Notre nacelle est la prochaine à s'arrêter pour nous laisser descendre. Je passe la tête par-dessus pour voir ce que fait le groupe, et je vois Mathilde, debout sur un banc, face au groupe qui pose des questions.

— On va à la patinoire ? crie-t-elle.
— OUAAAAAIS ! hurle le groupe.
— Est-ce qu'on se mange une tartiflette ce soir ?
— OUAAAAAIS !

J'entends Brown rire.

— Mais c'est pas vrai, m'esclaffé-je en riant.
— Je ne savais pas que Mathilde était autant attirée par la nourriture.
— Si tu savais, une vraie accro ! Parfois, elle choisit notre lieu de sortie uniquement en fonction du menu.
— Je vois, dit-il, tout souriant.

À peine descendue de la nacelle, je me précipite sur Mathilde pour la calmer.

— Non, mais regarde, on a des amis qui se joignent à nous.

Sur le côté, une famille me fait signe. Les parents, ainsi qu'une fratrie de quatre enfants, tous habillés d'un bonnet de Noël comme notre groupe.

— Ok, allons-y, dis-je en montrant la route à prendre.

Je laisse passer le groupe pour attendre Brown qui est en dernier.

— La patinoire, ça te dit ?
— Avec plaisir, dit-il, en souriant.

Il m'étonne de jour en jour, ce Brown.

Chapitre 20

Le moment de la patinoire restera dans les annales. Joshua prend la parole avant que tout le monde ne se jette sur les patins.

— S'il vous plaît, pas d'accident, je veux vous avoir en entier dès lundi au bureau.

Certains rigolent, d'autres ronchonnent et d'autres encore s'en fichent de voir que le « patron coincé » est de sortie. Pour détendre l'atmosphère, je prends également la parole.

— Sincèrement, si vous ne le sentez pas, ne le faites pas. Et puis, si vous n'êtes pas là lundi au bureau, ça veut dire que vous ne serez pas là à la soirée de Noël. Ce serait dommage, non ?

L'argument de la fête de Noël fait mouche, car certains décident de ne pas aller sur la glace. Sur vingt-et-une personnes présentent cette l'après-midi, seule une dizaine partent patiner.

Néanmoins, tous sont surpris de voir que Brown gère sur la glace, moi la première. Ceux restés sur les bancs encouragent ceux qui patinent. Certains se sont même transformés en pom-pom girl, car Lucas et Raphaël font des courses. Très vite rejoints par Brown. C'est une après-midi comme je l'avais imaginée, voire meilleure encore.

Après la patinoire, les estomacs commencent à gronder pour quelques-uns d'entre nous. La nuit est tombée depuis un moment déjà et c'est en petits groupes que nous nous dirigeons vers le chalet qui vend fondue et tartiflette.

Brown s'est intégré au groupe et je suis ravie de voir que les autres se détendent en sa présence.

— Alors Lucie, tu ne veux pas nous dire qui tu as tiré au sort ? demande Mathilde.

Certains ont arrêté leurs conversations pour pouvoir entendre la réponse. Je fais non de la tête. Mathilde souffle d'agacement, pendant que Lucas en rajoute une couche.

— Pourquoi garder le secret ?
— Imaginons que je trouve le cadeau à offrir ce soir, ici au marché. Ce n'est pas très discret de l'acheter sous ses yeux. Non ?
— Suffit de dire que c'est pour quelqu'un de ta famille, dit Raphaël.

Je me fige. Seule Mathilde connaît toute l'histoire, et je n'ai pas envie de me dévoiler. Surtout ici, devant tout le monde. Mes yeux trouvent Brown qui m'observe, sans doute depuis le début de cet échange. Il doit voir ma détresse, car il vient à mon secours :

— Si vous voulez, je peux dire qui j'ai pioché.

— Vous jouez ? s'étonne George.
— Évidemment que je joue. Pourquoi ne pourrais-je pas jouer ?
— Eh bien, vous … hésite-t-il.
— Oui ? encourage Brown. Dites le fond de votre pensée George.
— Parlons à cœur ouvert. Je vais parler en mon nom, mais je pense que les collègues seront d'accord avec moi. Vous êtes quelqu'un de très professionnel. Mais vous n'êtes pas le premier vers qui j'irais, si je voulais avoir une conversation. Sans être méchant, bien sûr.

Brown se met à sourire.

— Continuez, allez-y !
— Mais ces derniers temps, vous avez… changé. Je ne saurais dire pour quelle raison, mais vous êtes beaucoup plus ouvert. Rien qu'à voir aujourd'hui ! Vous êtes ici, avec nous, vous avez même patiné. Incroyable !

Le groupe se met à applaudir et à siffler, à croire qu'il y a une rock star en face d'eux. S'ils continuent, Brown va prendre la grosse tête. En tout cas, ce petit retournement de situation m'a permis de me mettre en retrait et de me faire oublier quelques instants.

— Peut-être que c'est la magie de Noël, dit Brown.

Il tourne la tête vers moi et me fait un clin d'œil. Je comprends qu'après cette journée, nous n'allons pas en rester là.

La soirée se déroule dans une bonne ambiance, entre anecdotes de Noël et histoires de sapins. Le groupe se rétrécit au fil du temps. Nous sommes encore une petite dizaine quand je décide qu'il est temps pour moi de rentrer. Surtout que le lendemain, je dois être en forme pour prendre en photo les enfants. Après avoir fait signe aux collègues, je prends le chemin pour aller chez moi.

— Je peux te raccompagner ?

Sur ma droite, Brown me rattrape et marche à mes côtés.

— Tu ne restes pas avec les autres ?
— Je préfère te raccompagner.

Son petit sourire en coin refait surface.

— D'accord, dis-je en souriant.

Les premières minutes sont silencieuses. Je sais que l'on va devoir parler, mais ce n'est pas le moment idéal. Arrivés près de ma résidence, je m'arrête et lui attrape le poignet pour le stopper dans sa marche.

— Joshua, écoute.

Il s'arrête et se positionne face à moi. Toujours son poignet en main, je sens les battements de son cœur. Ou est-ce les miens ? Quoi qu'il en soit, ça bat fort. Et vite.

— Je pense que l'on a dépassé les limites et que l'on doit tout remettre à sa place, dis-je rapidement. Tu es mon patron, je bosse pour toi jusqu'au mois prochain. Je ne sais pas ce qu'il nous arrive, mais…

Ma phrase reste en suspens, car Brown est sur moi. Ou plutôt, sur mes lèvres. Il me fait taire en m'embrassant. Dans ma tête, c'est l'apocalypse. Des tas de questions flottent et en même temps, c'est le trou noir. Je me surprends tout de même à me dire « *Il t'embrasse, profite* ».

Je lâche son poignet pour passer ma main derrière sa nuque. Pas évident avec nos manteaux et le fait que je sois plus petite, mais je me mets sur la pointe des pieds pour être plus à l'aise. Je sens ses mains se poser sur le bas de mon dos à la recherche d'un endroit moins épais. Très vite, notre doux baiser s'intensifie. Mais Brown calme le jeu. Ses lèvres se décollent des miennes et il pose son front contre le mien. Les yeux fermés, j'attends qu'il parle.

— Lucie, chuchote-t-il, nous devons parler.
— Oui, je sais.
— Avant, il ne faut pas que ça dérape. Tu comprends ?
— Oui.

En ouvrant les yeux, je vois qu'il a lui-même les yeux fermés. Il a l'air concentré sur ce qu'il dit et il se retient de faire quoi que ce soit.

— Embrasse-moi, prononcé-je tout bas.

Il ouvre les yeux, son regard est en feu. Il veut bien plus qu'un baiser, j'en suis consciente. Je ne me fais pas prier. À présent, il a une de ses mains qui me maintient le visage, ce qui intensifie notre étreinte. Il ne m'a encore jamais embrassée comme ça. C'est comme si ce baiser était le dernier, comme si notre vie en dépendait, comme si c'était vital. Je n'ai jamais embrassé quelqu'un avec autant d'avidité.

Après quelques minutes qui me paraissent être des secondes, il se décolle de moi et s'éloigne en se passant la main dans les cheveux.

— Bordel !

Il tape du pied dans un petit tas de neige fondue et je le regarde, sans rien dire, sans rien comprendre. Je le vois mettre l'une de ses mains dans sa poche de manteau pour en sortir son téléphone. Il souffle et décroche.

— Oui ?

Je n'arrive pas à voir son visage. La rue n'est pas bien éclairée et il me tourne légèrement le dos. Ça ne présage rien de bon.

— J'arrive, dit-il en raccrochant.

Il se tourne vers moi en passant une nouvelle fois sa main dans sa chevelure.

— Une urgence ? demandé-je, inquiète.
— On peut dire ça, dit-il, gêné. Écoute, Lucie, on…
— Vas-y, on parlera plus tard.
— Demain, tu es chez toi ?
— Non, je suis occupée tout le week-end. Je t'appellerai si tu veux. On doit vraiment discuter.
— Je suis d'accord. Bonne nuit, Lucie.

Il se rapproche de moi, hésite une seconde et me fait un baiser au coin de la bouche. Comme lors de la première fois qu'il m'a raccompagnée. Il m'adresse un dernier sourire et part. Une fois de plus, je me retrouve seule.

Chapitre 21

Dimanche 13 décembre

Je décide de ne pas penser à Brown de tout le week-end, mais surtout, je décide de profiter à fond d'Hervé et d'Émilie. Le samedi matin, je me suis rendue au marché une heure plus tôt pour parler avec les commerçants de mon idée de cadeaux pour les enfants. J'ai peu avancé pendant la semaine à cause du travail, et comme généralement, le week-end, les exposants viennent plus tôt pour remplir leurs stands, je suis sûre de trouver ce que je cherche. Le samedi soir, il ne me reste plus que deux stands à aller voir et j'ai trouvé tout ce dont j'ai besoin. Émilie est folle de joie et n'en revient toujours pas de mon initiative. Épuisée mais heureuse, je rentre chez moi.

Je me prélasse dans une longue douche chaude puis m'emmitoufle dans un gros peignoir tout doux. Installée dans le canapé, je cherche un film de Noël à regarder quand mon téléphone sonne. Malgré moi, je ne peux m'empêcher de sourire en voyant le nom qui apparaissait.

— Brown ?
— Bonsoir, Lucie.

Je peux entendre son sourire à travers le combiné.

— Tu vas bien ? demandé-je inquiète.
— Oui, je voulais juste te prévenir de ne rien prévoir demain soir.
— Euh d'accord.
— Bonne nuit Lucie.

Il a raccroché avant que je ne réponde.

Pour un dimanche, la journée fut éreintante. Il y a encore eu plus de monde que le week-end précédent. J'ai eu l'impression de voir tous les enfants de la ville rendre visite au père Noël et mon pull a fait sensation auprès des visiteurs. Il était de couleur beige clair avec un gros pain d'épice sur le devant.

Le temps a été idéal avec des températures comme je les aime : un beau soleil, un ciel bleu, et un air froid, mais sec. On est loin de la neige prédite quelques jours avant.

Je suis en train de ranger le matériel quand Emilie me rejoint.

— Laisse, je vais m'en occuper, dit-elle en me prenant le matériel des mains.
— Non, Emilie, j'ai fini, je peux ranger.
— Je t'assure, donne-moi ça.

Je ne comprends pas sa réaction, jusqu'à ce que Brown se mette dans mon champ de vision.

— Vous l'aviez vu, c'est ça ?

Elle me répond par un sourire et s'en va. Brown s'avance vers moi.

— Bonsoir. Bonne journée ?

— Oui et toi ?

Il n'est pas étonné que je le tutoie d'emblée.

— Maintenant ça va mieux, dit-il doucement. J'aimerais que l'on dîne ensemble.
— Je ne pense pas que ce soit une bonne idée.
— Pourquoi ? Me questionne-t-il, déçu.
— J'ai cette impression qu'il y a toujours un empêchement qui t'oblige à partir.
— Je sais, mais pas ce soir.
— Et tu es le premier à me dire qu'il ne faut pas qu'il se passe quelque chose entre nous, pourtant, tu es le premier à venir vers moi.
— Ça te déplaît tant que ça ?

Je fais mine de réfléchir à sa question, mais la réponse est déjà toute faite. Bien sûr que ça ne me déplaît pas, mais j'ai cette impression de marcher sur une corde fragile qui peut me péter à la figure à tout moment.

— Non, dis-je, sincère.
— Je te l'ai dit, je n'arrive pas à te maintenir loin de moi.

Il s'avance vers moi, je ne bouge pas.

— C'est juste un dîner, rien de spécial.
— Joshua, hésité-je.
— On mangera ce que tu veux.
— Tu veux m'acheter avec de la nourriture ?
— Pourquoi, ça fonctionne ?
— Un peu, dis-je en souriant.
— On fait un deal ? On laisse les armes ici, dit-il en montrant l'endroit autour de nous. On profite de cette

soirée. On oublie tout ce qui a pu se passer avant, qui nous sommes. Et on recommence à se battre plus tard. D'accord ?

Une soirée sans prise de tête, sans réfléchir ? Une soirée comme si de rien n'était, comme si l'on recommençait de zéro ? Je n'hésite pas longtemps, je veux passer du temps avec lui malgré tout. C'est simple comme décision.

— Je suis d'accord.

Pour donner plus de sens à ma phrase, je fais semblant de lâcher une arme et d'en retirer une de sous mon pull, accrochée à la taille. Ce qui le fait rire.

— Allez, viens, dit-il, en me prenant la main. Que veux-tu manger ?
— Pizza ?
— Ça me va.
— Sérieux ?
— Oui, pourquoi ?
— Je pensais que tu allais râler.

Nous commençons à marcher dans la rue sans que je sache où nous allons réellement.

— Je pensais que tu allais refuser vu que tu fais du sport.

Il s'arrête net de marcher.

— Tu sais que ce n'est pas parce que je fais du sport, que je ne mange rien ?

Il ne sait pas si je suis sérieuse ou non, jusqu'au moment où je n'arrive plus à me retenir. J'éclate de rire.

— Désolée, je ne voulais pas me moquer.

Je ris de plus belle. Il fait mine d'être vexé, mais ne peut tenir longtemps et rit avec moi. On reprend la route et je comprends que nous allons vers une pizzeria pas loin du marché. Je passe souvent devant, mais je n'y ai jamais mis les pieds. Sur place, je comprends qu'il connaît l'endroit et il me recommande plusieurs choix de pizza. On commande et on prend à emporter.

— On va manger chez moi.

Ce n'est pas une question, mais une affirmation. Première fois que je vais chez lui, j'en apprendrais sûrement plus sur lui et peut-être que d'être sur un terrain qu'il connaît, ça lui donnera envie de se dévoiler. Le trajet se fait en peu de temps. On arrive devant un grand immeuble. Il ouvre la porte vitrée et je découvre un énorme hall d'entrée lumineux ainsi qu'un homme derrière un comptoir.

— Monsieur Brown, dit-il en soulevant son chapeau. Mademoiselle.
— Bonsoir, Steeve, comment allez-vous ?
— Très bien, monsieur, merci. Avez-vous passé une bonne journée ?
— Elle se passe de mieux en mieux, dit-il en souriant. Bonne soirée Steeve.
— Bonne soirée également, monsieur Brown.

On se dirige vers un ascenseur qui s'ouvre dans la seconde. Il appuie sur le numéro de son étage et les portes se referment.

— Qu'est-ce qui te fait sourire ? me demande Brown.
— Toi.
— Pourquoi ?

— Désolée, mais je ne t'ai jamais vu être aussi aimable avec quelqu'un.

Il paraît surpris.

— Ose dire le contraire, le menacé-je du doigt. Je suis contente de voir que tu es un humain comme tout le monde, Brown.
— Très aimable, dit-il en souriant.

Les portes s'ouvrent et nous nous retrouvons dans un petit hall avec une porte. C'est un sas où est disposé un guéridon avec un vase rempli de fleurs fraîches. Sur le côté, un porte-parapluie. Et c'est tout. Étrange comme endroit.

Brown ouvre la porte et là, je comprends que je suis dans un autre monde. Son appartement fait trois voire quatre fois la taille du mien. On entre directement dans une grande pièce à vivre. Sur la gauche, une cuisine ouverte blanche avec un magnifique plan de travail en marbre et un énorme îlot central, ainsi qu'une grande table pour accueillir des convives. Sur la droite, un coin salon avec deux grands canapés en cuir marron avec une table basse et une télévision.

Le plus impressionnant est les énormes baies vitrées côté salon. Sans m'en rendre compte, je me dirige vers l'une d'elle et admire ce que je vois : la ville. Il fait nuit, mais voir toutes ses lumières allumées a quelque chose de reposant, d'agréable.

— Impressionnant, lâché-je, ébahie.
— Et encore, tu auras un autre aperçu demain matin, dit Joshua se postant à mes côtés.

Mon cœur se met à battre plus vite. J'essaie de faire abstraction de son allusion sur ma possible présence cette nuit chez lui. Je dois changer de sujet.

— Mais… je pensais que tu avais le vertige ?
— Oui, sauf qu'il y a quelque chose avec cette vue que je ne saurai expliquer. Je ne dirai pas non plus que je peux rester des heures à regarder la vue, mais quelque chose m'attire.
— Je comprends.

Je lâche la vue des yeux pour me tourner vers Joshua.

— Et moi qui me contentais de ma fenêtre au bureau, dis-je en riant. Tu sais, quand tu m'avais surprise la dernière fois, j'étais persuadée que tu m'avais prise pour une folle.
— Pourquoi ?
— Parce que c'est bizarre de regarder les gens, non ?
— Alors je suis un fou aussi, dit-il souriant.

Je ne réponds pas et me tourne de nouveau vers la vue. Moi qui adore regarder ce qu'il se passe dans les rues, je suis servie. Des lumières s'allument par-ci par-là, des voitures foncent dans les rues, des décorations de Noël sont reconnaissables parmi le reste.

— Viens manger, dit Brown me sortant de ma contemplation. Du vin ?
— Volontiers, acquiescé-je en quittant la fenêtre. C'est très beau chez toi.
— Merci. On se met là ? demande-t-il en montrant la table basse.
— Oui, parfait.

Mon cœur ne veut pas se calmer. Je suis déstabilisée d'être ici, chez lui. Il pose les deux pizzas et va chercher deux verres à pied en cuisine. Je m'installe sagement sur un des canapés alors que Joshua se met à terre directement, sur le tapis. Le voir assis en tailleur, par terre, me détend.

— Mais j'avais raison sur un point, dis-je en m'installant par terre aussi.
— Lequel ?
— Tu n'as pas de sapin.
— Je n'ai pas de sapin, répète-t-il doucement. Est-ce que c'est gênant ?
— Vu que je ne connais pas la raison qui fait que tu n'aimes pas Noël… non. Oui. Je ne sais pas. Mais c'est tellement rare ce genre de chose !

Son visage se ferme dans la seconde. Je savais que j'allais sur un terrain miné mais pas à ce point. Il lâche son bout de pizza pour attraper son verre. Je fais de même pour éviter d'aggraver la situation.

Ne le voyant pas décider à parler, je reprends la parole.

— Désolée, j'ai merdé. J'ai bien compris que c'était un sujet houleux et je ne peux pas m'empêcher de le lancer à chaque fois.

Pas de réponse, j'enchaîne :

— Juste, comprends-moi ! D'un côté, tu t'ouvres, tu rigoles, tu passes du temps avec moi. Et de l'autre, en y réfléchissant bien, je ne connais rien de toi.
— Tu n'as pas à tout savoir de moi, dit-il, légèrement agacé.
— Un minimum, non ?

Je sens la tension monter. On a chacun notre avis et, manifestement, à l'opposé l'un de l'autre. Depuis le début, c'est du n'importe quoi avec Joshua. Une minute on rigole, la suivante on s'embrasse, celle d'après, on s'évite.

Pour éviter que ça ne dégénère, je prends une décision, en moins de trois secondes. Le mieux est de partir. Je me relève.

— Je te laisse Joshua.
— Mais non, reste.

Je commence à me diriger vers l'entrée où sont posés mon manteau et mon sac. Je sens Joshua bouger dans mon dos.

— Lucie, arrête.

Je préfère ne pas répondre. C'est impossible de faire comme si de rien n'était en venant ici.

— Lucie, s'il te plaît, dit-il en m'attrapant la main.

Je me retourne vers lui, prête à crier que non je n'arrêterai pas, que ça tourne en rond, qu'on ne va nulle part lui et moi. Mais quand je vois son visage décomposé, mes pensées s'arrêtent nettes.

— Ne pars pas, s'il te plaît. Reste, dit-il dans un souffle.

À ses mots, mon cœur se serre.

À ses mots, je comprends que je suis foutue depuis longtemps.

À ses mots, je comprends que je suis amoureuse.

Chapitre 22

Nous sommes debout, l'un en face de l'autre, à nous regarder. En silence. Il joue avec mes doigts, ne sachant pas comment agir.

— J'ai l'impression que tu sais tellement de choses sur moi. Parfois, j'ai même cette sensation que tu arrives à lire en moi, commencé-je. Et je sais que la période des fêtes n'est pas simple pour toi, surtout que nous sommes bientôt à la date fatidique. Mais j'aimerais que tu te rappelles que, pour le coup, nous sommes dans le même bateau, en quelque sorte. Tu peux me parler et me dire ce que tu ressens, je ne te jugerai pas. Et je veux que tu comprennes que je ne prends pas tout ça à la rigolade, continué-je en faisant un signe de ma main libre pour désigner l'un l'autre.

Ses doigts se resserrent autour des miens.

— Ces derniers jours ont été intenses, surtout entre toi et moi. Tout est allé vite, trop vite sans doute. Quoi qu'en y réfléchissant bien, on est partis dans tous les sens. Et je n'ai pas l'habitude de faire ça.

Ses yeux me sondent.

— À chaque fois tu pars pour je ne sais quelle raison, dis-je en enchaînant, et je ne t'en veux pas. Mais même ça, je n'arrive pas à comprendre pourquoi ça arrive systématiquement.

Son regard se perd. Il ne dit toujours rien.

— Pourquoi tu ne veux pas parler ? demandé-je à voix basse.
— Je n'ai pas pour habitude de parler, répond-il.

Mon cœur se serre. J'ai l'impression d'être dans une impasse. Je veux en apprendre plus sur lui, mais lui ne parle pas. C'est un cercle vicieux.

— Viens t'asseoir, dit-il en me pressant la main.
— Joshua…
— S'il te plaît.

Il lâche ma main et se dirige vers son salon. J'ai le choix, soit je le rejoins, soit je pars. Mon cœur veut rester, mais ma tête veut partir. Je prends une grande inspiration et me dirige vers Joshua. Je veux savoir s'il y a la moindre petite chance pour qu'il s'ouvre à moi.

Une seule soirée, me dis-je en marchant vers le canapé.

Une seule et unique soirée, et si je n'ai pas mes réponses, je mettrai fin à tout.

Fin à lui.

Fin à nous.

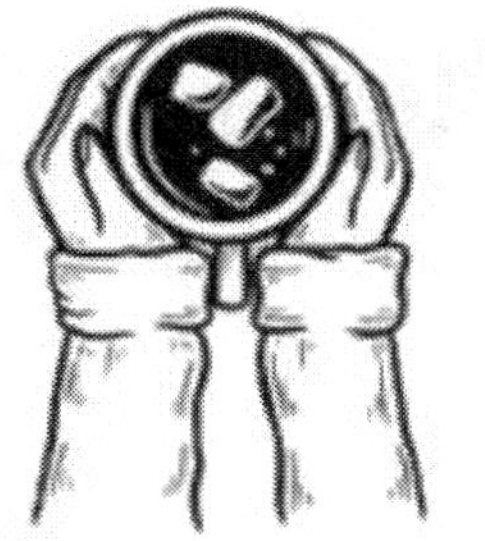

Chapitre 23

Assise à côté de lui sur le canapé, je le regarde avec attention. Aujourd'hui, il a troqué son costume pour une tenue détente, comme la fois où il était venu chez moi. Cette fois, il a un bas de jogging gris et le sweat assorti. Peu importe ce qu'il porte, je le trouve toujours sexy. J'avale difficilement ma salive et me concentre sur lui, attendant qu'il prenne la parole. Je remarque qu'il n'est pas à l'aise, il se triture les doigts et fixe les pizzas en face de nous. Je peux presque entendre son cerveau fuser dans tous les sens. Mais dans le fond, je sens qu'il est prêt à faire des efforts pour moi.

— Je n'aime pas Noël.

Il lâche cette information d'une voix qui paraît lointaine, presque sans vie. Il se lève dans la foulée, mettant la main dans ses cheveux à plusieurs reprises. Il se met à faire les cent pas devant la table basse. Il s'est lancé, à moi de me retenir pour ne pas le couper dans son élan.

— D'aussi loin que je me souvienne, ce n'était pas un moment que j'appréciais... Et au fil du temps, c'est un sentiment qui est resté.

Chaque phrase qu'il prononce est comme une bombe. Je le suis des yeux, retenant mon souffle. J'ai peur de ce qu'il peut me dire.

— Tu as fait des recherches sur *Little Brown* avant de rentrer chez nous ?

Retournement de situation. Il se tourne vers moi pour me poser la question. J'ai cette impression d'être sous une lampe et que l'on m'interroge avec la crainte de ne pas répondre ce qu'il faut.

— Pas spécialement. Enfin si, je sais juste que c'est toi qui as fondé cette agence et les trucs de ce genre.

Mon cœur va sortir de ma poitrine si ça continue. La conversation n'est pas assez rapide, je veux en savoir plus, tout de suite. Il reprend sa marche devant la table basse.

— Pourquoi ? demandé-je.
— De base, je ne voulais pas être dans le mannequinat.

Je ne réponds pas, préférant le laisser aller à son rythme. Je ne veux pas qu'il pense que je le pousse à la confidence. Quoi que, un peu quand même en y réfléchissant bien.

— Mes parents étaient photographes professionnels et j'étais jeune mannequin. Pour eux, avoir un enfant n'était sans doute pas sur leur feuille de route. Mais, je suis là, dit-il en s'arrêtant. Ils avaient pour habitude de me trimballer partout où ils allaient, dans tous les pays. Ils faisaient en sorte que mes contrats coïncident avec les leurs. Du Japon en passant par le

Canada. C'était super pour un gamin de découvrir le monde, puis au fur et à mesure, c'est devenu compliqué. On ne restait jamais au même endroit plus de quelques semaines. J'avais une nanny, que j'ai toujours appelé « Nanny » d'ailleurs, qui s'occupait de moi et faisait partie de la famille. Elle me faisait l'école, m'apprenait à faire de la pâtisserie. Je l'aimais beaucoup.

Une pointe de nostalgie se fait entendre dans le timbre de sa voix. Mon cœur se serre. Il se poste devant la baie vitrée pour regarder la vue. Sans doute un moyen pour se détendre après les révélations très personnelles qu'il me fait.

— Mes parents étaient des photographes renommés, donc tout le monde les convoitait. Ils ont travaillé avec de grands noms, de grosses marques. Et la période où ils travaillaient le plus, je te le donne dans le mille …

— Les fêtes, chuchoté-je.

Je commence à voir où nous amène son histoire. Je me lève doucement du canapé pour le rejoindre face à la baie vitrée. Il prend une grande inspiration, et continue son récit.

— Et bien évidemment, c'était aussi à ces moments-là que j'avais le plus de contrats. Parce que moi aussi, j'étais un nom connu dans le métier, dit-il, exaspéré. On était toujours logés dans des hôtels de luxe. Mais luxe ou pas, dans les chambres, il n'y avait pas de sapin. J'ai su bien longtemps après que si nous en voulions un, il suffisait d'en faire la demande, mais mes parents n'avaient jamais trouvé ça nécessaire. Puis il y a eu un Noël qui a tout changé. L'année de mes douze ans. Nous étions à Paris et Nanny n'était pas du voyage. Pour une fois, mes parents lui avaient donné quelques jours pour qu'elle puisse voir sa famille pendant les fêtes.

— Que s'est-il passé ? demandé-je angoissée.

— Je n'ai pas eu de cadeau.

J'étouffe un cri, et attrape sa main. J'ai ce besoin de le toucher, pour le rassurer. Ou pour me calmer, je ne sais pas. Mais j'ai le cœur meurtri par cette histoire.

— Ce n'est pas grave, Lucie. Tout le monde n'a pas de cadeau à Noël, dit-il humble.
— Mais… tu avais à peine douze ans. Comment ont-ils osé faire ça ?
— C'est là que j'ai compris qu'en réalité, c'était Nanny qui s'occupait de mes cadeaux chaque année, et ce, depuis que j'étais petit. J'ai également appris que c'était avec son propre argent qu'elle me gâtait, car mes parents ne voulaient pas perdre de temps ni d'argent avec de telles futilités.

La vue en face de moi se brouille. Entendre cette histoire me bouleverse et je ne peux pas m'empêcher d'imaginer cet adolescent de douze ans, laissé de côté par ses propres parents.

— C'est la dernière année où j'ai parcouru le monde avec eux. Après les vacances de fin d'année, j'ai exigé de vivre comme tous les autres ados et d'arrêter le mannequinat. Ils ont accepté tout de suite. C'est Nanny qui s'est occupée de moi. Même si ces années-là j'allais à l'école, elle était présente quand je rentrais le soir, on passait nos soirées ensemble. C'était ma meilleure amie, une vraie maman. Mais à mes seize ans, on a appris que Nanny était malade et qu'aucun traitement ne pourrait la sauver. Six mois après cette annonce, elle nous a quittés.

Mes larmes coulent en silence.

— Mais tu veux savoir le pire dans tout ça ?

Il n'attend pas ma réponse pour continuer.

— Mes parents ne sont même pas venus aux funérailles.

J'en ai le souffle coupé.

— Et c'est là que j'ai décidé de couper les ponts avec eux, reprend-il en se tournant vers moi. Cette période de l'année n'était déjà pas celle que je préférais, et, bien longtemps après, il y a eu cette histoire que tu connais avec l'accident.
— Je comprends.
— Mais je te rassure que grâce à Nanny, j'ai eu un aperçu de ce que pouvait être un beau Noël. Elle m'a appris à apprécier les sapins et les décorations pendant les quatre années où j'ai vécu chez elle. On faisait des biscuits et on chantait des chansons de Noël. Mais à présent, ça me laisse un goût amer. Elle t'aurait adorée, j'en suis sûr.

Je peux ressentir tout l'amour qu'il éprouve pour cette Nanny. Je suis triste pour lui de voir que ça fait trop d'années déjà qu'il vit avec cette absence. Son récit soulève tout de même des tas d'autres questions et même il s'est ouvert, je ne dois pas faire ma gourmande.

— Vas-y, demande-moi. dit-il en me fixant.
— Quoi ?

— Je vois bien que tu as des choses à me demander, vas-y.

Je me sens gênée de paraître si curieuse.

— Joshua, je ne veux pas t'embêter avec mes questions.

Il m'attrape le menton du bout des doigts pour que je puisse lever la tête vers lui. Il s'avance doucement et me dépose un baiser léger sur les lèvres.

— Si je ne veux plus parler, je te le dirai.
— D'accord… dis-je en réfléchissant. Tu as dit que tu avais été mannequin ?
— Oui.
— Et que tu avais arrêté ?
— Oui.
— Alors, pourquoi
— Pourquoi avoir une agence de mannequinat ? me coupe-t-il.

Je fais un signe de tête affirmatif.

— Comme je te le disais, j'étais assez connu dans le métier, malgré mon jeune âge. Mon nom en était sûrement la cause, mais c'était assez dingue. Sur une année entière, je pense que je devais avoir deux ou trois semaines de vacances, pas plus. Et encore, c'était quelques jours par-ci par-là. Mes parents étaient accros à leur travail et s'y plaisaient énormément, donc c'était naturel pour eux de me faire travailler dans ce milieu.
— C'est triste, lâché-je tout bas.
— Oui c'est vrai, mais à cette époque, je ne connaissais que ça et c'était normal pour moi aussi. Quand j'ai arrêté le mannequinat, je ne savais pas ce que je ferai

de ma vie. Jusqu'au jour où j'ai su. Tu connais la politique de *Little Brown* pour le mois de décembre ?

— Que l'agence tourne au ralenti ?

— C'est ça. On m'a pris pour un fou la première année, mais il était hors de question que les enfants présents dans l'agence travaillent en décembre.

— Pourtant, il y en a, j'ose rappeler.

— Je ne peux pas le nier, mais ce sont souvent des étrangers qui veulent travailler avec nos photographes, donc ils viennent dans les studios. Mais ce n'est en aucun cas nos petits mannequins.

Je n'ai pas pour habitude d'aller dans la partie studio photo, ça reste occasionnel. Cependant, j'avais vu quelques petites têtes passer quand Julia leur faisait faire le tour de l'agence, mais ce n'était arrivé que deux fois depuis fin novembre.

— C'est beau ce que tu fais pour eux.

Il hausse les épaules et se retourne pour regarder par la baie vitrée.

— Je fais ce que j'aurais aimé que l'on fasse pour moi, c'est tout.

Le silence prend place entre nous. Toujours les mains liées, nous regardons la ville sous nos yeux. Sa dernière phrase tourne dans ma tête.

— Je peux te poser une dernière question ? hésité-je.

— Vas-y.

— Pourquoi n'as-tu pas continué à faire un sapin, pour…

— Pour Nanny ? reprend-il.

— Oui.

— J'ai été très affecté par sa perte. Depuis qu'elle n'est plus là, je n'ai plus personne, plus de famille avec qui fêter Noël. J'en avais retrouvé une avec mon meilleur ami et sa femme, mais ce n'est pas pareil. Les premières années ont été très difficiles dès que nous approchions de Noël, ensuite c'est devenu une habitude. Et cette année, tu es arrivée et tu as posé tes décorations partout.

— Je t'assure que je ne savais pas à quel point ça pouvait être douloureux pour toi de voir toutes ces décorations dans ton environnement.

— Tu ne pouvais pas savoir, dit-il en se tournant vers moi. Au contraire, je dois dire que ça me fait du bien de voir un peu de décorations.

— C'est vrai ? dis-je étonnée.

— Je ne m'y attendais pas, mais oui.

— J'en suis ravie.

Je lâche sa main pour me blottir contre lui. Toute la colère que j'ai ressentie en début de soirée est loin derrière moi. À présent, j'ai juste le cœur remplie d'amour.

HO
HO
HO

Chapitre 24

Dans ses bras, je me sens bien. J'aurais probablement dû réagir davantage suite à ce qu'il vient de me dévoiler, mais j'ai l'impression qu'il se sent bien aussi, et que c'est ce dont il a le plus besoin. Je n'ose pas bouger et je m'autorise à profiter de ce moment un peu plus longtemps. Malgré son sweat, je peux sentir la chaleur qui émane de lui, la force de ses bras, et les battements de son cœur. Ou est-ce les miens ? Peu importe, je sens que c'est en train de devenir mon nouvel endroit préféré. Je relève la tête vers lui et m'aperçois qu'il est en train de m'observer. Son regard m'électrise. Finalement, je crois qu'il a besoin de plus que ça, et moi aussi.

— Lucie...

Sans lui laisser le temps de finir sa phrase, je m'approche encore un peu plus de lui et l'embrasse. Je ne suis pourtant pas du genre à faire le premier pas, mais pour une fois, j'ai décidé de me laisser aller et d'écouter mes désirs. Et je crois bien que je n'ai jamais autant désiré quelqu'un. Il me rend mon baiser avec encore plus d'ardeur. Nous sommes comme enivrés l'un de l'autre. Il commence à m'embrasser dans le cou, ce qui me fait gémir doucement. Il relève la tête et me fixe, avec un petit sourire en coin. J'ai déjà l'impression d'être sur le point de chavirer ; comment peut-il me faire autant d'effet ?

Tout en l'embrassant, je retire son sweat. Comme la dernière fois, il porte un basique t-shirt blanc, mais même dans une tenue aussi banale, il est à tomber. Il se lève et m'attrape la main sans que je puisse prendre le temps de réfléchir. Mais pour être honnête, je suis prête à le suivre n'importe où. Il me dirige vers ce que je pense être sa chambre, que je découvre pour la première fois, mais que je ne prends même pas le temps de regarder vraiment. Il m'embrasse de nouveau et, sans que je ne réalise, je me retrouve en sous-vêtements devant lui. Pour une fois, j'avais accordé les deux. Je me féliciterai plus tard pour ce coup de génie. Je le vois m'observer, puis il soulève mon menton pour que je le regarde dans les yeux.

— Tu es sublime dans cet ensemble. Mais tu le seras encore plus quand je te l'aurai enlevé, dit-il d'une voix grave.

Il a des flammes à la place des yeux. Mon corps s'embrase quand je sens ses doigts ôter mon soutien-gorge, lentement. Il fait glisser ses mains le long de mon dos et attrape mes hanches pour me rapprocher encore de lui. Puis, encore plus lentement, il attrape le bord de ma culotte qu'il fait descendre le long de mes cuisses. Il me fixe intensément pendant tout ce temps, et je n'arrive pas à quitter son regard. Ma poitrine est sur le point d'exploser. Il prend son temps, alors que je n’ai qu’une envie : lui sauter dessus. Et il le sait très bien. Sans plus attendre, j’enlève à mon tour ses derniers vêtements, avec beaucoup plus de hâte, ce qui le fait doucement rire.

— T'es plutôt pas mal dans ton genre toi aussi, tu sais, dis-je en souriant.
— Il n'y en a pas deux comme toi ! répond-il en riant.
— J’espère bien. Et encore, tu n’as rien vu.

Ma réponse doit lui plaire parce qu’il rompt le peu d’espace qui reste entre nous et m’embrasse avec fougue. L'attente devient terrible, je le veux, tout de suite. Je n’oppose donc aucune résistance lorsqu’il m’allonge sur le lit et se met sur moi. Il commence à me caresser, et mon corps frissonne de plaisir. Mais je le pousse rapidement sur le côté pour pouvoir me mettre sur lui.

— Oh je vois, Madame prend les commandes, dit-il enjôleur.
— Tu ne peux pas être le patron partout, répliqué-je avec un clin d’œil. D’ailleurs, préservatif ? demandé-je, directive.

Il me montre du doigt la table de nuit sur le côté. Je me penche pour atteindre le tiroir, en récupère un, et l’ouvre.

— Tu permets ? demandé-je, presque innocemment.

Pour seule réponse, il fait ce fameux sourire en coin qui me rend dingue. Alors que je lui mets le préservatif, je sens qu’il est en transe, et que lui non plus ne peut plus attendre.

— Vas-y, s’impatiente-t-il.

Il n'a pas besoin de me le dire deux fois. Dès qu’il est en moi, je sens une vague de désir extrême. Je n’ai jamais ressenti ça auparavant. J'entame un mouvement de va-et-vient qui s'intensifie rapidement. Il m'attrape fermement par les hanches et je perçois tout son désir dans l'intensité de son regard. Il ne m'en faut pas plus, je sens l'explosion arriver et bascule la tête en arrière pour me laisser envahir par cette délicieuse sensation. Je l'entends gémir au même instant que moi.

À bout de souffle, je m'écroule sur lui.

Les minutes passent, sans autre bruit que celui de nos respirations saccadées et des battements de son cœur qui résonnent contre ma joue. Jusqu'à ce que Joshua demande :

— Une douche ?
— Volontiers, dis-je, en riant.

Cela nous permet de renouveler l'expérience et rend la douche encore plus appréciable.

Chapitre 25

On passe la soirée à se chercher, à se toucher. Parfois une caresse sur la joue, parfois juste un regard qui en dit long. J'ai un sentiment de flottement tellement je suis bien. Les yeux de Joshua pétillent en me regardant.

On engloutit la moitié de nos pizzas et laissons en plan nos verres pour finir dans la chambre. On s'endort tard dans la nuit.

Je suis réveillée par le bruit d'une sonnerie. Où ai-je laissé mon téléphone ? La place à mes côtés est vide, mais j'entends l'eau de la douche couler. Je referme les yeux quand la sonnerie retentit de nouveau. Elle vient du salon. Je me lève et récupère le t-shirt blanc de Joshua qui traîne sur le sol près du lit pour l'enfiler. Je me dirige vers la baie vitrée du salon.

La ville sous mes yeux est encore endormie. Tout comme moi. Je m'étire doucement quand j'entends une nouvelle fois la sonnerie. Je regarde l'heure qu'indique l'énorme pendule sur le mur : 6H00.

Qui peut appeler à cette heure ? Nouvelle sonnerie. Je me dirige vers la table basse où sont échoués nos téléphones portables quand je comprends que ce n'est pas une sonnerie de téléphone, mais une sonnette de porte. Je ne suis vraiment pas réveillée. Qui peut bien venir à cette heure-ci ?

J'entends encore l'eau de la douche couler, et la sonnette reprend de plus belle. Ce son m'agace de plus en plus, je dois le faire taire. Ni une ni deux, je me dirige vers la porte et l'ouvre à la volée.

— Mais c'est pas bientôt fini ce boucan à la fin ? m'énervé-je.

Un hoquet de surprise sort de la bouche de la personne devant moi. Je prends quelques secondes pour la regarder. C'est une blonde, pulpeuse, bien habillée. Trop bien habillée pour l'heure qu'il est. Maquillée, brushinguée, manucurée, chaussures à talons. Je suis étonnée des détails que je vois malgré la fatigue et l'heure matinale.

— Vous êtes ? m'interroge-t-elle.
— Pardon ?
— Josh ???

Elle crie tout en forçant le passage et me met un coup d'épaule, comme si de rien n'était.

— Est-ce que je vous ai permis d'entrer ? Vous êtes qui ?

Elle laisse derrière elle un effluve de son parfum à la rose. Cette odeur colle parfaitement avec le personnage prétentieux, hautain et garce qu'elle est. Oui, je l'ai décryptée en deux secondes.

— Vous êtes sérieuse ? dis-je en la rattrapant.
— Joshua ? crie-t-elle de nouveau.

Elle se dirige vers la chambre, où nous retrouvons Joshua avec une serviette sur les hanches. Mes yeux s'accrochent à une goutte qui coule le long de son torse.

— C'est qui elle encore ? demande la blonde en me montrant du doigt.

Encore ? Entendre sa voix me rappelle instantanément ce qu'il se passe. Je me décroche du torse de Joshua pour scruter cette jeune femme. Elle est mon opposé. Je jette un coup d'œil à Joshua, il me regarde à peine, trop occupé à reluquer Miss Monde.

— J'aimerais être au courant quand tu te tapes… ça, dit-elle en faisant un signe de tête vers moi.

Remarquant ma petite tenue qui n'est autre que le t-shirt blanc de Joshua de la veille, j'essaie de tirer sur le bas pour cacher un maximum mon corps et disparaître de sous les yeux de cette nana. Joshua continue de la fixer alors que je suis là, à attendre qu'il prenne ma défense, à attendre de comprendre ce qu'il se passe ici.

— J'ai compris, reprend-elle en se tournant vers moi. Écoute, tu vas pouvoir y aller.

Elle me prend par l'épaule et me ramène dans le salon. Je la vois farfouiller dans son petit sac à main.

— Récupère tes affaires et prends ça, dit-elle en me tendant des billets. Mon mari est trop gentil pour faire sortir les nanas.

L'information met une microseconde pour que mon cerveau percute : son mari. Elle a dit *mon mari*. Un frisson me parcoure, sans doute dû à la petite tenue que je porte, mais aussi et surtout, à ce scoop de dernière minute. Je suis frigorifiée. Je suis incapable de bouger.

— Oh, tu m'entends ?

Elle tape dans ses mains juste devant mon visage ce qui me fait sursauter. Je ne réfléchis pas, récupère mes chaussures, mon manteau ainsi que mon sac dans l'entrée et pars loin de cet appartement où tout avait été trop beau pour être vrai.

Chapitre 26

Je hèle le premier taxi présent dans la rue, en espérant pouvoir me calmer pendant le trajet. Malheureusement, il me paraît bien trop court. Je suis tellement abasourdie par ce qui vient de se passer que je vais mettre beaucoup de temps à retrouver un semblant de calme.

En arrivant, je prends une longue douche et j'enfile mon peignoir tout doux. Une énorme tasse de café à la main, je suis à présent affalée sur le canapé face à mon sapin clignotant. Une heure s'est écoulée depuis que je suis partie de chez Joshua.

Rien que l'évocation de son prénom me fait mal. Je me suis refait toute la scène dans tous les sens. Et je dois me rendre à l'évidence, c'est sa femme. Il est marié, malgré ce qu'il a pu me dire. La preuve, cette fois il est resté muet. *Non, mais quel connard* !

L'heure tourne et je dois aller travailler. Surtout que c'est la dernière ligne droite pour l'après-midi Noël pour les enfants ainsi que pour la soirée avec tous les collaborateurs. J'essaie de fournir un effort sur ma coiffure pour cacher ma petite mine. N'étant pas experte en maquillage, je décide de ne pas me maquiller pour ne pas aggraver la situation. On ne remarque pas vraiment que je n'ai pas assez dormi, car je n'ai pas de cernes. En revanche, je vais avoir du mal à camoufler mes yeux rougis et gonflés d'avoir trop pleuré.

Sur la route du travail, je m'arrête pour me prendre un chocolat chaud réconfortant, mais fais un petit détour pour ne pas passer par le marché de Noël. Je ne veux pas inquiéter Hervé s'il me voit dans cet état. Et surtout, je n'ai pas la force ni le courage de répondre à ses questions.

Arrivée à l'agence, je prends l'ascenseur et attends que les portes s'ouvrent. C'est le moment d'y aller. J'avance dans l'allée centrale en regardant autour de moi. La majorité de mes collègues sont déjà arrivés.

— Bonjour, Lucie, faut que je te voie tout à l'heure ! dit Mathilde en passant devant moi.
— D'accord, réponds-je en souriant.
— Ça va toi ? demande-t-elle en s'arrêtant pour m'observer attentivement.
— Oui, ça va, ne t'en fais pas.
— T'es sûre ? On peut en parler si tu veux.

Elle se rapproche de moi et m'attrape le bras.

— Merci, Mathilde, on se voit tout à l'heure ?
— Absolument.

Elle me presse le bras, me fait un clin d'œil et part de son côté tandis que je reprends le chemin vers mon bureau. Plus je m'avance, plus mon cœur bat. Je sais que je vais voir Joshua, mais je n'ai aucune idée de ce qu'il va se passer concrètement et de ce que l'on va se dire.

— Oh, Lucie, t'es là, génial ! s'écrie Raphaël en me voyant.

Voir Raphaël me fait du bien. Inconsciemment, je souris en le voyant.

— Ça va ? demande-t-il, inquiet, en me fixant.
— Oui, merci, Raph. Dis-moi, que me vaut toute cette excitation ?
— Je t'ai envoyé plusieurs textos ce matin, mais tu ne répondais pas.
— Ah oui ? Attends que je regarde.

En voulant regarder dans mon sac, je réalise que je n'ai pas pris mon téléphone. Et je sais déjà où il est. Il est resté sur la table basse de Joshua. J'avale ma salive difficilement.

— Je ne sais pas où je l'ai mis, dis-je en faisant mine de chercher dans mon sac.
— J'espère que tu ne l'as pas perdu, dit-il, peiné.
— Ce n'est pas grave, je verrai après. Allez, raconte-moi tout !
— J'ai eu une idée. J'ai fait un peu le tour des collègues et pas mal souhaitent jouer le jeu, mais je voudrais ton approbation.
— D'accord… dis toujours.

Tout en l'écoutant, je me débarrasse de mon manteau que je jette sur le dossier de ma chaise et pose mon sac à côté de mon bureau. Je n'ai pas la force d'aller mettre mes affaires sur le porte-manteau dans le bureau de Joshua. Pas maintenant.

— On est d'accord que la journée pull de Noël a eu un franc succès ? demande-t-il en souriant.
— Absolument !

— Je me demandais, enfin avec les collègues, on se demandait si on ne pouvait pas remettre ça, mais pour vendredi ?
— Sérieux ? demandé-je étonnée.
— Mais oui ! Imagine, même pendant la soirée on aurait tous des pulls de Noël, on profiterait du photobooth pour s'éclater aussi !

Je réfléchis deux minutes à sa proposition et évalue le pour et le contre. Mais le choix est vite fait.

— Adjugé, vendu ! dis-je en lui tendant la main.
— Génial ! s'exclame-t-il me serrant la main.
— Allez, va les prévenir. Ils ont intérêt à tous jouer le jeu !
— Promis, dit-il en partant vers l'open space.

Je ris en le voyant excité comme un enfant. J'aime Noël et tout ce qui l'entoure et je suis heureuse de voir que je ne suis pas la seule.

Raphaël a déjà allumé nos décorations, je n'ai plus qu'à m'installer à mon bureau et commencer à travailler. La matinée passe à une vitesse folle. Mercredi va être un gros jour pour Raphaël et moi, c'est l'après-midi « *goûter avec le père-Noël* » et aujourd'hui, il faut tout vérifier une dernière fois. Demain sera consacré à la préparation du lieu.

À l'heure du midi, Mathilde débarque à mon bureau.

— On va manger ? demande-t-elle en se massant le ventre. J'ai la dalle.
— À quel moment tu n'as pas la dalle, toi ?
— Ha ha, très drôle.
— Tu veux manger quoi ?
— Pizza, ça te dit ?

Rien que d'entendre le mot *pizza*, mon esprit retourne à la soirée de la veille. Un pincement au cœur se fait ressentir.

— Non, sushi ?
— J'en mange ce soir. On va à la boulangerie ? demande-t-elle doucement.
— Oui, pourquoi pas, ça fait longtemps.

Comme chaque fois que j'y vais, je ressens une pointe de nostalgie et de stress. De nostalgie parce que c'est mon endroit sacré. De stress parce que j'ai toujours de l'appréhension à l'idée d'y remettre les pieds sans ma sœur. Et pourtant, dès que je passe la porte, ces sentiments s'envolent pour ne laisser que de l'apaisement. Malgré tout, je continue de me sentir bien ici.

— On s'installe ? demande Mathilde en montrant une table vide.
— Parfait !

En réalité, ce n'est pas qu'une simple boulangerie. Il y a un petit espace avec quelques tables pour pouvoir s'installer et prendre le temps de manger. Et même si ce ne sont que des sandwichs, ça fait du bien de manger dans un autre lieu que les bureaux ou en marchant dans la rue. Sandwich en main, nous allons prendre place à une table.

— Alors, qu'est-ce que tu avais de si important à me dire ? lui demandé-je curieuse.
— T'es prête ?
— Oui.
— Je pense que je suis amoureuse de Simon.

J'avale un bout de pain de travers.

— Je t'avais demandé si tu étais prête !

— Je n'aurais jamais pu être prête pour ce genre de chose.
— C'est vrai, dit-elle en riant.

Je bois une gorgée d'eau et la regarde attentivement. Elle a l'air sérieuse.

— J'ai quinze mille questions qui me viennent en tête, lui dis-je.

Elle pose son repas sur le plateau et me dit en entremêlant ses doigts :

— Je suis prête.
— Mais ça ne fait pas longtemps que vous vous voyez !
— Ce n'est pas une question, Lu', notifie-t-elle en riant.
— Attends, attends. Faut que je remette mes idées en place. Tu lui as déjà dit ?
— Non, je compte lui dire ce soir.
— Avec des sushis ?
— Entre autres. Mais je lui dirai plus tard dans la soirée. Ou quand je sentirai le bon moment.
— T'es sûre de toi ?
— Je crois, oui.
— Tu crois ?
— J'en suis sûre.
— Eh bah… Mathilde, toi, amoureuse ?
— Comme quoi, tout arrive ! s'enthousiaste-t-elle en souriant de toutes ses dents.
— Je suis contente pour toi, tu sais ?
— Merci, Lu'.

Elle croque dans son morceau de pain, et reprend la parole.

— Ch'est tout ?

— Mes questions ne servent à rien. Si tu es heureuse, c'est le principal.

Elle tend sa main et attrape la mienne qui est posée sur la table. Elle la presse et me fait un sourire. Par ce geste, je comprends qu'elle me remercie.

Après nos sandwichs respectifs, nous jetons notre dévolu sur des desserts au chocolat. Et je me prends une petite brioche pour le goûter. Je sais que l'après-midi va être intensive, il va me falloir des forces. Et toute excuse est bonne pour de la brioche.

De retour au bureau, je réalise que la porte de bureau de Joshua est toujours fermée et que je ne l'ai pas vu de la matinée, et je n'ai eu aucun mail. Devrais-je m'inquiéter ? Je m'installe à mon bureau quand mon œil est attiré par un post-it rose. Il a été collé sur le bas de mon écran d'ordinateur. Trois mots sont inscrits.

Dans mon bureau.

Dans la seconde, mon cœur se met à battre plus fort. Aucun doute sur l'auteur de ce mot. Je jette un coup d'œil à la porte du bureau, elle est bien fermée et je n'entends pas de bruit. J'inspire une fois, deux fois. Je me lève de ma chaise, contourne mon bureau et fais les quelques pas qui me séparent de la porte. Et je frappe trois fois. J'attends un petit moment. Je frappe à nouveau. Aucune réponse. Je vais récupérer la clé du bureau dans mon tiroir et ouvre la porte.

Personne. Je parcours la pièce des yeux. Les étagères sont pleines et rangées, le porte-manteau vide. Je jette un coup d'œil au bureau, au cas où je dois récupérer un dossier et mes yeux tombent sur un nouveau post-it rose. Celui-ci est posé sur un objet.

Je m'avance pour mieux voir. Le post-it, collé sur mon téléphone, indique :

Ce n'est pas ce que tu crois.

Chapitre 27

Mardi 15 décembre

Il est à peine midi et la journée est déjà horrible. Le 15 décembre n'est jamais facile pour moi. Et avec tout ce qu'il s'est passé ce week-end, ça l'est encore moins.

Quand Joshua m'a confié qu'il a aussi été impacté par le fameux « 15 décembre », j'ai pensé que nous pourrions nous entraider pour essayer de passer cette journée du mieux possible. C'était sans compter sur sa femme qui vient changer la donne. Et m'achever au passage.

Une année de plus s'affiche au compteur pour la disparition de ma sœur. Trois ans. C'est loin et en même temps, j'ai l'impression que c'était hier. Et aujourd'hui plus que jamais, je vois des signes partout qui me font penser à elle.

Ce sont de petits détails, mais ils me serrent le cœur. Pour commencer, je n'ai pas su remettre la main sur mon pull préféré, ou plutôt son pull préféré, celui qui lui appartenait et dans lequel j'aime me réfugier. J'ai failli casser mon mug personnalisé qu'elle m'a offert lors de nos premiers échanges de cadeaux de Noël, lorsqu'on était encore petites toutes les deux. Et pour finir, j'ai croisé dans la rue une jeune femme qui a le même parfum qu'elle. Ça fait beaucoup pour commencer la journée.

Pour essayer d'atténuer ma peine, j'ai bossé d'arrachepied chaque minute de la matinée. « *L'après-midi père Noël* » se déroule au dernier étage de notre bâtiment. J'aurais pu faire appel à une société de décoration pour s'occuper de l'endroit, mais j'avais à cœur de le faire moi-même. J'ai voulu faire mes preuves, sauf que je dois bien l'avouer, j'ai vu trop gros et je ne peux pas faire ça toute seule. Sur la route de la boulangerie, j'appelle Raphaël en renfort pour l'après-midi.

— Bonjour, Lucie, comme d'habitude ?
— Oui, s'il te plaît, dis-je à la serveuse de la boulangerie.

En ce jour particulier, je ne me suis pas posé la question et je suis venue à la boulangerie pour le déjeuner. De retour au bureau, je pense à Joshua. Comment vit-il la journée ? Où est-il ? Deux jours qu'il n'est pas venu à l'agence. Je n'ai pas eu de nouvelles depuis le post-it posé sur mon téléphone. Aucun texto, aucun appel, aucun mail. Silence radio.

Pendant que l'ascenseur monte au dernier étage, je réfléchis à son comportement des derniers jours. Il a dit « *je ne veux plus de relation au travail* », et je viens, enfin, de comprendre la signification de cette phrase. Depuis que l'on s'est rapprochés, il n'a jamais été aussi absent du bureau. Alors que d'habitude, il passe son temps à travailler. Est-ce que c'est ce qu'il lui est arrivé dans le passé ? Et c'est pour ça qu'il ne veut plus reproduire le même schéma ?

Les portes de l'ascenseur s'ouvrent et je redécouvre la salle devant mes yeux. Un sapin est posé dans un coin. Comme je voulais faire les choses à fond, je suis allée acheter un vrai sapin au marché de Noël. Juste à côté, posé sur le sol, plusieurs boîtes remplies de décorations. Pas loin de là, un carton contenant des sacs en papier qui attendent sagement d'être ouverts pour y glisser les cadeaux que nous allons recevoir d'un magasin de jouets.

J'ai monté plusieurs tables dans la salle. Elles feront office de petits stands. Un spécial « *décoration de biscuits* », un autre « *décoration de chaussette de Noël* » et un dernier « *chocolat chaud et brioche* ».

Juste avant la pause déjeuner, on me livre une centaine de biscuits emballés individuellement. Ils sont en forme de petit bonhomme. Je les dispose dans plusieurs panières avec, à disposition, des tas de petits stylos alimentaires. Les enfants pourront s'amuser à personnaliser leurs propres biscuits.

Le stand spécial « *décore ta chaussette de Noël* » est plus grand que les deux autres. J'ai installé dix chaises autour de la table et j'ai disposé : des feutres à textiles, des gommettes, des perles, de la colle, des paillettes, et tout un tas d'autres choses. Les enfants auront tout le loisir de décorer leurs propres chaussettes pour ensuite, les accrocher chez eux. J'ai prévu un stock monstrueux de chaussettes pour ceux qui voudraient en faire pour leurs parents.

Je veux voir la magie de Noël à travers les yeux des enfants.

Le dernier stand, celui de nourriture, a été également monté et décoré. Il attend sagement l'approvisionnement de brioches de la boulangerie ainsi que le chocolat chaud.

Quand je suis allée commander les brioches, je leur ai demandé s'ils faisaient ce type de prestation. Par chance, c'était quelque chose qu'ils voulaient mettre en place au marché de Noël. Ils ont accepté de tenter l'expérience avec nous.

— Oh, tu as déjà bien avancé, s'émerveille Raphaël en me rejoignant.
— Tu trouves ?
— À t'écouter au téléphone tout à l'heure, j'avais l'impression que tu n'avais rien fait.
— Raph, j'ai juste mis des nappes sur des tables et quelques décorations.
— Pourquoi es-tu si pessimiste d'un coup ?

Il attend ma réponse en me fixant.

— Je peux te demander quelque chose ?

Je ne sais pas à quoi m'attendre. Je fais un signe de tête.

— Depuis deux jours… tu n'es pas comme d'habitude, commence-t-il. Comme si tu étais ailleurs. Tu n'as pas à me dire les raisons, je ne suis que ton stagiaire après tout, ajoute-t-il, mais… C'est pas cool de te voir comme ça.

Je suis touchée et troublée à la fois. Comment peut-il me connaître si bien en si peu de temps ?

— Je ne veux pas que tu croies que j'abuse, mais je n'avais jamais trouvé quelqu'un d'aussi fou de Noël que moi.
— Moi non plus, dis-je doucement.
— Alors je ne veux pas que tu perdes de cette magie et que l'on continue.

Il me fait sourire.

— On fait quoi maintenant ? demande-t-il comme si de rien n'était.

— On va s'occuper du sapin. On ira plus vite à deux.

Son sourire s'élargit. Il se dirige vers le sapin, content de participer à la décoration. Je prends une profonde inspiration. Il suffit que je me dise qu'il faut passer au-dessus de tout ce qui me pèse, au moins le temps que la semaine se termine. De toute façon, je ne peux pas faire autrement, les jours passent et il faut les affronter. Autant mettre ses mauvaises ondes de côté et avancer. Comme pour me persuader, je serre les poings et me promets de passer au-dessus de ça pour les prochains jours. Je récupère l'une des boîtes de décorations et la lui tends.

— Elles sont sympas les décorations, dit Raphaël en regardant dans le carton.

— Merci, dis-je en lui souriant.

J'aime faire les sapins de Noël, mais j'aime davantage quand le moment est partagé. Et qui mieux que Raphaël, cet amoureux de Noël, pour m'aider ? Ça me donne du baume au cœur et du courage pour affronter le reste de cette journée.

J'ai décidé de choisir le même style de décorations que le sapin présent dans la salle de réunion. Un mélange de rouge, de blanc et de vert. Mais là, j'ai un peu exagéré, car le sapin fait plus de deux mètres de hauteur. Il me faut un marchepied pour atteindre le haut du sapin.

Pendant que Raphaël finit les dernières décorations, juste à côté, j'installe le coin du père Noël. Dans le studio photo, j'ai réussi à trouver un magnifique fauteuil rouge. Pas aussi beau et grand que celui d'Hervé au marché, mais il fera parfaitement l'affaire.

Avec Raphaël, on peaufine les derniers détails. On installe les dernières chaises autour des tables, puis on vérifie que les guirlandes lumineuses, que j'ai mises sur les murs, fonctionnent correctement. On a aussi préalablement ouvert tous les sacs en papier, pour que, le lendemain matin, il ne reste plus qu'à y déposer les cadeaux pour les enfants.

— À demain !

Dernier signe de main, et je me retrouve seule dans la salle.

Je me poste devant les grandes fenêtres et observe ce que j'ai sous les yeux : le rooftop. Dans mes idées les plus folles, je voulais le décorer également. Avec un ou deux sapins de Noël, plus petit que celui de la salle, et le rêve aurait été d'ajouter un petit feu pour pouvoir y faire griller des chamallows. Il ne m'a fallu que deux minutes pour comprendre que c'était dangereux et que s'il faisait un temps maussade, ce ne serait pas l'idéal. Il a un peu neigé dans la journée, donc j'ai bien fait de ne pas m'embarquer sur cette voie. Mais ça n'empêche que je garde en tête l'idée des chamallows grillés pour en faire dès que possible.

J'entends la porte claquer.

— Tu as oublié quelque chose ?

Pas de réponse, mais du bruit se fait entendre dans mon dos. Je me retourne pour découvrir Brown, légèrement essoufflé.

— Je pensais que tu étais déjà parti, dit-il en lissant sa cravate.

Je ne réponds pas et me dirige vers mes affaires posées sur une chaise. Il commence à s'avancer vers moi.

— Je…

Je lève la main vers lui pour lui faire comprendre qu'il ne doit pas parler. Pas maintenant, pas aujourd'hui, je n'en ai pas la force. Il s'arrête sur place et m'observe.

— Lucie, j'aimerais que l'on parle.
— Pas moi, réponds-je froidement.

Il s'avance de nouveau, se trouvant à mes côtés en quelques pas.

— Lucie, s'il te plaît, parle-moi.

Je m'habille en silence.

— C'est compliqué, mais je suis en train de régler les choses.

Je ne veux pas en entendre parler. Cette histoire est déjà allée trop loin. Je récupère mon sac et me dirige vers la porte.

— Lucie, écoute-moi !

Il a parlé d'un ton sec. Je m'arrête net. Il vient se mettre devant moi.

— Tu comptes pour moi Lucie, déclare-t-il d'une voix douce.
— Arrête, m'énervé-je. Je ne veux rien entendre.
— Pourquoi ?
— Je ne te crois plus Joshua.
— Pourtant, c'est la vérité.

Je croise les bras. Je sens la pression monter.

— Comment veux-tu que je te croie ? demandé-je.
— Tu n'as pas confiance en moi ?

Un rire nerveux s'échappe de ma gorge.

— T'es sérieux là ?
— Très.
— On parle de ta femme à quel moment dans cette conversation ? demandé-je en faisant aller mon index de lui à moi.
— Tu parles de Kim ?
— Je m'en tape de son prénom, m'énervé-je.
— Est-ce que tu as eu mon message ?

Cette conversation va tout simplement me rendre folle. Il répond à mes questions par d'autres questions, ça ne peut pas avancer.

— Joshua, arrêtons là, veux-tu ? Je n'ai pas de temps à perdre.

Alors que je reprends le chemin vers la porte, il arrive à se mettre devant cette dernière. Impossible de sortir sans le pousser.

— Joshua, s'il te plaît, soufflé-je.
— Peut-on parler, s'il te plaît ?
— Qu'est-ce que tu veux ?
— Kim n'est pas ma femme. Ou pas à proprement parler.
— Ok, dis-je simplement.

Je m'agace. Il veut parler et pourtant, il tourne autour du pot.

— Ok ? répète-t-il.

— Joshua, je viens de te dire que je n'ai pas de temps à perdre et toi, et la seule chose dont tu me parles, c'est d'une autre femme.
— Écoute-moi quand je te parle. Je t'ai dit qu'elle n'était pas celle que tu penses !

Il me prend par les épaules et se met à ma hauteur. Ses yeux captent les miens. Je n'arrive pas à décrypter son regard, mais je prends enfin le temps de le regarder attentivement. Il a des cernes et a l'air contrarié.

— C'était ma femme.

Il a toujours le don pour lâcher des bombes. En plus de l'avoir dit lentement, il a bien insisté sur le « était ».

— Je suis en instance de divorce.
— Ah, lâché-je, surprise.
— Je voulais prendre le temps de t'en parler. J'attendais de voir si ce qu'il se passait entre nous était réel ou non.
— Ça n'excuse rien, Joshua.
— Je sais, mais…
— Non Joshua, tu ne comprends pas. Pourquoi ne pas l'avoir dit clairement quand elle était chez toi ? Quand elle m'a prise pour une prostituée ? Et, qu'est-ce qu'elle était venue faire chez toi, à six heures du matin ?

Il comprend que cette histoire a été trop loin et a déjà fait des ravages. Beaucoup trop de dégâts même. Il me lâche les épaules et s'écarte de la porte. Encore une fois, il préfère ne pas affronter la situation et me laisser avec mes questions.

— Tu voulais que l'on parle, commencé-je tout bas. Et à la moindre question, tu me réponds par une autre, ou tu restes muet. Ce n'est pas comme ça que ça fonctionne Joshua. Je ne sais pas si tu as toujours été comme ça ou si c'est à cause de quelque chose, mais… je n'en peux plus, continué-je. Tu me dis que tu veux parler, et là, je te pose des questions et au lieu de me répondre, tu me laisses partir ?

Il continue de me regarder en silence. Je suis totalement perdue.

— Au revoir Joshua.

Je m'en vais sans un regard en arrière.

Malgré l'heure tardive, je décide de passer par le marché de Noël. Je ne suis pas étonnée de voir les stands de nourriture encore ouverts, mais également celui d'Arnold, le vendeur de boules à neige.

— Bonsoir, Lucie, me salue le vendeur.
— Bonsoir, Arnold. Je vois que tu as vendu pas mal de boules à neige. Ça fait plaisir à voir, dis-je, sincère.
— Oui, je suis vraiment content. Les fêtes approchent à grand pas, les gens se décident pour de petits cadeaux en plus.

Je l'écoute à moitié, car je cherche quelque chose sur l'étalage.

— Lucie, je suis désolé, la boule a été vendue.
— Oh, soufflé-je.
— Je suis désolé, j'aurais dû te la mettre de côté, dit-il gêné.
— Non pas du tout, je suis contente que tu l'aies vendue. Faut que j'y aille, bonne soirée, dis-je sans attendre de réponse.

Je m'en veux. Pourquoi n'ai-je pas acheté cette foutue boule ? Pourquoi ai-je voulu attendre ? J'en aurais bien eu besoin en ce jour difficile. Le cœur serré, je me dépêche de rentrer.

Chaque fois que j'ai besoin de réconfort, je vais récupérer sa boîte au fond d'un tiroir. Ce n'est pas n'importe quelle boîte, c'était celle de ma sœur. Une boîte pleine de souvenirs, qu'elle s'était amusée à remplir au fil des années. À présent, elle a la taille d'une boîte à chaussures. A l'intérieur, j'y retrouve des photos de nous, un bracelet cassé qu'elle m'avait offert, des mots, des places de cinémas...

Tout au fond, j'aperçois l'une des dernières choses qu'elle avait ajoutées. C'était une photo de nous deux, devant mon sapin, lors de son dernier anniversaire. On avait passé la journée ensemble, et on avait fini chez moi pour mettre mon sapin.

Sur la photo, nous avions toutes les deux un énorme sourire et un pull de Noël. On était heureuses.

— Tu me manques tant.

J'ai le cœur en miettes. En me levant ce matin, je savais que la journée serait difficile, mais pas à ce point.

Chapitre 28

Mercredi 16 décembre

J'ai passé le mercredi matin à courir dans tous les sens. Entre récupérer les brioches à la boulangerie et réceptionner les cadeaux que le magasin de jouets nous a livrés, il y a aussi les imprévus à gérer. Comme le père Noël qui se décommande ou encore les rendez-vous de Brown qu'il faut encore une fois décaler, car il est de nouveau absent. Raphaël gère la partie bureau et moi, la partie « *après-midi de Noël* ».

Pour le père Noël absent, j'ai réussi à persuader George de le faire. C'est le plus vieux de l'agence, il adore les enfants qui travaillent chez nous, c'est simple. Et comme par miracle, un déguisement de père Noël traînait dans les studios photo.

En fin de matinée, Mathilde est venue m'aider pour finaliser les cadeaux pour les enfants. On a fait ça comme des cheffes, chaque enfant a son petit sac en papier avec son prénom écrit dessus et le cadeau à l'intérieur. Les enfants ont entre 4 et 15 ans, mais j'ai réussi à choisir les cadeaux en fonction de leur âge et de leurs passions.

Les enfants arrivent pour quatorze heures. Ils sont tous très ponctuels, sans doute impatients de cette après-midi ou juste par peur de louper le père Noël. Ils sont environ une cinquantaine et tous sont sur leur 31, comme s'ils allaient passer le réveillon de Noël. Leurs parents sont bien habillés également, et même les adolescents les plus réticents ont joué le jeu.

L'après-midi se passe comme je l'avais imaginé. Pour m'aider à superviser cet évènement, j'ai demandé de l'aide à Mathilde, Raphaël et Lucas. C'est surtout pour mettre du réassort de chaussettes de Noël sur la table ou aider George avec les enfants et les cadeaux.

Alors que je suis en train d'aider une petite fille à faire la décoration de son biscuit, Mathilde vient me parler à mon oreille.

— Tu as vu qui vient d'arriver ?

Je relève la tête pour la regarder.

— Non, qui ?

Elle me fait un signe de la tête vers la porte.

— Je pensais qu'il n'était pas là ?

Brown. Je n'ai pas encore expliqué à Mathilde ce qu'il s'est passé. Je veux d'abord digérer avant de partager cette histoire. Je ne réponds pas à sa question et retourne à mon biscuit.

— Il s'est passé quelque chose ? me demande-t-elle.
— Peut-être, réponds-je en haussant les épaules.

Elle me prend par le bras et m'embarque loin de la table.

— Je reviens, dis-je à la fillette qui ne comprend pas ce qu'il se passe.

Mathilde m'amène directement dans un coin de la pièce, à l'abri de toutes oreilles qui peuvent rôder.

— Qu'est-ce qu'il s'est passé ?
— Pas ici Mathilde.
— Quand allais-tu m'en parler ?
— S'il te plaît, on travaille.
— Il s'est passé quelque chose de grave ?

Je ne réponds pas.

— Oh, merde, Lucie… Je pensais que c'était un mec bien.
— On en reparle plus tard ? répété-je.
— Bien sûr. Ça va aller ?
— Oui, ne t'en fais pas.

Je rejoins la table aux biscuits quand je croise le regard du vidéaste. Il est venu dans la matinée pour se familiariser avec les lieux, filmer quelques scènes sans personne dans le champ et nous avons discuté. Il veut savoir si nous attendons des choses en particulier. Et de fil en aiguille, il a un peu débordé du cadre professionnel. Je ne l'ai pas repris pensant que la journée allait être assez chargée pour que l'occasion de se reparler ne se représente, ou pas de suite en tout cas. Mais il est là, maintenant, et il me sourit. Je réponds poliment par un petit sourire, mais détourne rapidement le regard vers mon biscuit.

Alors que je passe au biscuit suivant avec un petit garçon cette fois-ci, je sens quelqu'un s'approcher de moi.

— Alors, toujours d'accord pour demain soir ?

J'ai oublié ce détail. Au moment où les enfants étaient en train d'arriver, il m'a demandé si un dîner pouvait m'intéresser. À cet instant, je ne me souviens plus si je lui ai répondu.

Je relève la tête de la table et mon regard croise celui de Brown, qui se situe à peine à quelques pas devant moi. Il lance un regard noir au vidéaste. Il a dû entendre son invitation à sortir.

Mon sang ne fait qu'un tour. De quel droit se permet-il de le regarder comme ça ? Parce qu'il m'invite ? Il n'a pas eu la décence de parler quand il en a eu l'occasion, et là, il agit ainsi ? La colère monte petit à petit en moi. Je le regarde droit dans les yeux, quand je réponds :

— Bien sûr. Tu sais déjà où tu veux manger ?

Le regard de Brown qui était ancré sur le vidéaste se retrouve sur moi. Il est intensément noir. Il bout.

— Chez moi ? J'avais pensé te faire ce repas italien dont je te parlais ce matin.

Je ne réfléchis pas, et continue sur ma lancée.

— Parfait. Tu me donneras ton numéro pour que je puisse t'appeler ?
— Génial. Je te file ça après, je vais aller filmer le père Noël.

Brown me foudroie du regard. Il a l'air très en colère, mais tant pis. Il l'a cherché et il l'a bien mérité.

Je profite qu'un nouveau couple de parents viennent parler à Brown pour pouvoir m'éclipser de là. Je me dirige vers le stand de chocolat chaud.

— Un chocolat s'il te plaît, demandé-je au barista.

Mon chocolat en main, je me mets en retrait pour profiter trente secondes de ce qu'il se passe sous mes yeux. Les parents sourient. Les enfants respirent le bonheur. Je suis satisfaite de ce que j'ai accompli.

— Ah, tu es là ! s'exclame-t-il Raphaël en me rejoignant
— Ça va ?
— Super. Et toi ?

Il fait claquer son gobelet de chocolat contre le mien.

— On l'a bien mérité celui-là, dit-il en buvant une gorgée.
— Oh, oui.
— Satisfaite de cette après-midi ?
— Plus encore ! Regarde, tout le monde est content.
— C'est vrai qu'on a bien travaillé, dit-il fièrement.

Un bruit de verre retentit. Toutes les têtes se tournent vers le même endroit et je découvre Brown, un verre de jus d'orange en main. Il a une tête de plus que tout le monde. Il utilise le marchepied que j'avais laissé près du sapin pour pouvoir se surélever.

— Promis, je ne serai pas long, dit-il en souriant.

Les parents calment les enfants, et tous attendent que Brown reprenne la parole.

— Je voulais vous remercier d'être ici aujourd'hui. Chez *Little Brown*, nous essayons toujours de vous rendre le travail plus simple, plus agréable. J'espère que vous aimez venir ici.

— Oh, oui !
— Oui !

Les enfants s'exclament tous en même temps, oubliant la politesse de ne pas couper les gens qui parlent. Brown se met à rire, ce qui fit rire également les parents.

— J'essaie de vous apporter le meilleur pour que vous puissiez être les meilleurs à chaque instant, reprend-il. Je voulais juste prendre la parole pour vous dire qu'avant de partir, je vous demanderai tous d'aller remercier Lucie.

Mon cœur a un loupé.

— C'est qui ? demande une jeune fille près de Brown.
— Elle est… là-bas, dit-il après m'avoir trouvée.

Toutes les paires d'yeux me scrutent. Je fais un petit signe de la main, gênée d'avoir toute l'attention sur moi.

— C'est grâce à elle si vous avez la chance d'avoir tout ce que vous avez aujourd'hui, reprend-il. Les biscuits, le père Noël, les chaussettes. Je peux compter sur vous, pour aller lui faire un bisou après ?
— OUI ! hurlent les enfants.
— Parfait, sourit Brown en souriant. Bonne fin de journée tout le monde !

Il lève son verre, boit une gorgée et descend de son podium de fortune. Je n'ai pas le temps de comprendre son comportement que je suis entourée par une dizaine d'enfants. Raphaël récupère mon chocolat chaud et je prends le temps de discuter avec chaque enfant qui vient me voir.

L'après-midi déborde sur le début de soirée. Les dernières personnes partent après dix-neuf heures. Les enfants sont ravis de ce moment et les parents tout autant. Je suis satisfaite et heureuse de voir que j'ai réussi à faire vivre l'ambiance de Noël à son maximum.

— Tiens, voilà mon numéro.

Je me retourne vers la voix, et découvre le vidéaste me tendant un morceau de papier. Je l'avais encore oublié celui-là.

— Merci, dis-je en le prenant.
— Appelle-moi quand tu veux, fait-il avec un clin d'œil.

Je réponds par un sourire poli, et il part.

— C'était quoi ça ? me demande Mathilde en s'approchant de moi.
— Il m'a donné son numéro.
— Tu as l'air ravie, dit-elle, ironique.

Je mets le morceau de papier dans la poche de mon jean et continue de ranger la table de biscuits. Ou plutôt, ce qu'il en reste. Sur la centaine que j'ai commandée, il ne doit en rester qu'une petite dizaine, à peine. Ils ont adoré décorer les petits bonhommes.

— Tu m'expliques quand ? demande Mathilde en croisant les bras.
— Tu ne vas pas lâcher l'affaire, c'est ça ?
— Non.
— Ok, allons-y, comme ça après on pourra peut-être finir et rentrer ? demandé-je, agacée.

Je suis fatiguée de cette journée, fatiguée de la situation avec Brown. Je n'ai qu'une envie, rentrer me coucher.

— Promis, après je ne t'embête plus avec ça, dit Mathilde en me voyant épuisée.

Je lui raconte ce qu'il s'est passé pendant le week-end. Je lui explique que nous avions prévu de manger une pizza, que nous sommes allés chez lui, que nous avons vraiment discuté, et que nous avons fait l'amour. Plusieurs fois. Le rêve. Le pied. L'extase. Jusqu'à ce que ça vire au cauchemar quand, au petit matin, une bimbo est venue me payer et me prier de partir de chez lui.

On finit par s'asseoir à la table de biscuits et Mathilde est en train de manger l'un d'eux. Elle est à deux doigts de s'étouffer en entendant la fin de mon histoire.

— Attends, quoi ?
— Elle m'a tendu une liasse de billets, répété-je.
— Mais elle se prend pour qui ? s'énerve-t-elle.
— Sa femme.
— De quoi ?

Elle en lâche son biscuit.

— Elle a commencé à dire des trucs comme « *mon mari est trop gentil pour faire sortir les nanas* ».

Même Mathilde est choquée, mais surtout peinée par ce que je lui raconte.

— Dis-moi qu'il a dit quelque chose ? Qu'il n'a pas laissé croire à cette nana que tu te faisais payer ?

Je ne réponds pas.

— Quel connard ! s'énerve-t-elle. Attends quand je vais le voir !

Elle se lève, en colère. Elle est prête à aller le chercher tout de suite pour lui demander des explications.

— Il a voulu discuter, reprends-je. Mais quand je lui ai justement demandé qui elle était, il m'a dit « *Kim n'est pas totalement ma femme* », dis-je en faisant des guillemets avec mes doigts.
— C'est qui alors ? demande Mathilde en s'asseyant sur sa chaise.
— Il a dit qu'il était en instance de divorce.
— Tu le crois ?
— Je ne sais pas. J'ai envie d'y croire, mais d'un autre côté …
— S'ils sont sur le point de divorcer, qu'est-ce qu'elle foutait là à cette heure ? demande-t-elle, comme si elle lisait dans mes pensées.
— C'est pour cette raison que j'ai du mal à y croire.

Mon cœur souffre. Repenser à cette scène est une chose, mais d'en parler à voix haute, en est une autre. Bien pire.

— Attends, il y a un truc que je ne comprends pas, dit-elle en se relevant, faisant les cent pas.
— Quoi ?
— Pourquoi a-t-il été gentil tout à l'heure ?
— Quand ça ?
— Quand il a parlé aux gamins, et qu'il a dit qu'il fallait venir te faire un bisou, tout ça ?
— Je ne sais pas, il a fait sa partie du travail sûrement. Tu sais, pour passer pour un bon patron.
— Je viens de percuter d'un truc !

Telle une enquêtrice, mais surtout meilleure amie, vu sa tête, je sais qu'elle est sur une piste. Mais avant tout, je sais qu'elle veut le fin mot de cette histoire. Elle s'arrête de marcher et se tourne vers moi, les yeux écarquillés.

— Tu as dit qu'elle s'appelait comment déjà la nana ?

— Euh, Kim. Pourquoi ?

— Merde, Lucie ! C'était son assistante.

— Hein ?

— Celle juste avant toi !

Bordel.

Chapitre 29

Vendredi 18 décembre

Je n'ai pas vu Brown la veille. Encore une fois.

Je profite de cette matinée pour préparer la salle pour la « *soirée spéciale Noël* » avec les collègues. Mathilde étant occupée, j'ai demandé de l'aide à Julia, qui a accepté dans la seconde.

Nous discutons de choses et d'autres quand la conversation dérive vers… Kim. J'apprends qu'elle a rencontré Joshua quand ils étaient adolescents J'en déduis que cela coïncide au moment où il a quitté l'agence de mannequinat et ses parents pour une vie plus *normale*. Joshua et Kim étaient dans la même classe et faisaient partie du même groupe d'amis. Au fil des années, ils se sont rapprochés et ont fini par sortir ensemble. Jusqu'à ce que Joshua fasse sa demande. Ils étaient déjà ensemble quand il a ouvert *Little Brown*, et c'est tout naturellement qu'il a demandé à sa partenaire si elle voulait travailler avec lui.

— Au début, elle n'était que l'assistante de Joshua, puis elle s'est essayée à une séance photo pour tenter l'expérience, pour s'amuser. Elle a aimé. C'en était à tel point, que son statut d'assistante l'intéressait de moins en moins. Elle faisait de plus en plus de séances photos. Elle adorait se faire remarquer, et elle avait fini par lâcher le poste d'assistante pour… devenir la muse, et l'amante de l'un des photographes. Du jour au lendemain, elle est partie avec lui, sans rien dire.

Julia est une mine d'or pour toutes les informations que je veux. Elle est dans l'agence depuis le début, elle sait tout et a tout vu. Je lui ai tout simplement demandé « *tu connaissais celle qui était là avant moi ?* » et elle m'a tout déballé sans même se poser de questions.

— 9 ans qu'ils étaient ensemble, tu te rends compte ? Et elle part comme ça, dit Julia, dépitée.
— Comment ça s'est passé exactement ? demandé-je curieuse.
— Tout ce que je sais c'est qu'elle a eu un coup de foudre pour le photographe et sans prévenir personne, elle a fait ses valises et elle est partie.
— C'est horrible.
— Mais tu sais, Kim est partie, mais Brown… n'était même pas triste.
— Sérieux ? Comment est-ce possible ?
— Je ne sais pas, dit-elle en haussant des épaules. Quand elle est partie, on s'attendait tous à le voir abattu et qu'il ne vienne pas au travail pendant quelques jours. Seulement, le lendemain matin, avant tout le monde, il était là. Comme si de rien n'était, et il a continué ainsi les jours suivants.
— Ça faisait combien de temps qu'ils étaient mariés ?

— Deux ans je crois. Il avait mis du temps à faire sa demande. Au début, il ne voulait pas se marier, mais c'était son rêve à elle. Tu sais, la robe blanche, le mariage énorme. Et elle l'a eu, dit-elle pensive. Au début, j'étais proche de Kim.

— Ah… dis-je avec gêne.

Je comprends à sa façon de me le dire que cette histoire ne s'est pas bien terminée pour elles deux non plus.

— Oui, comme tu dis. Au début de *Little Brown*, nous étions trois. Joshua, elle et moi. Puis on a très vite évolué et l'équipe s'est agrandie rapidement. Mais le fait d'être que trois a fait que nous nous étions rapprochés. Parfois, je suis nostalgique de cette période. On sortait le soir au restaurant, dans un bar, ou on se faisait des soirées chez les uns et les autres. J'étais déjà avec mon fiancé à ce moment-là, donc nous sortions tous les quatre. Mais c'est surtout avec Kim que j'étais proche, très proche. Les garçons s'entendaient bien aussi, donc on était ravie ! On faisait des soirées filles, du shopping, on faisait du karaoké de temps en temps, se souvient-elle, plongée dans ses pensées. Mais au fil du temps, elle a commencé à changer. À devenir égoïste, il fallait que le monde soit à ses pieds, qu'on ne voie qu'elle, et je ne supportais pas ça.

— Tu m'étonnes.

— Elle avait foutu une sacrée pagaille tout de même. Kim a dû être l'assistante de Brown pendant cinq ans, si je ne dis pas de bêtises. À 100%, je veux dire, précise-t-elle en me fixant dans les yeux. Puis la dernière année où elle était encore là, elle a commencé à changer et à moins faire sa part du boulot. Mais comme Brown était son mec, ou plutôt son mari à ce moment-là, je pense qu'elle s'était dit qu'il ne dirait rien. Et au début, c'est exactement ce qui s'est passé. Mais ça a duré… jusqu'au jour où il a pété les plombs. Et puis, comme je te l'ai raconté, elle est partie. Ensuite, Brown a dû rester environ un an sans véritable assistante. En fait, aucune ne restait plus de trois jours.

— À ce point ?

— Il était exécrable avec celles qui se présentaient. C'était horrible.

— Ça n'a pas changé, dis-je en souriant.

Elle me fait un sourire.

— Tu sais, il s'est quand même calmé depuis que tu es là.

Ce n'est pas la première fois que j'entends ça. Je ne veux plus en entendre parler.

— Il a été assez absent ces derniers temps, ça aide pas mal, dis-je pour faire diversion.

— Mouais, moi je pense surtout que c'est toi qui l'aides à se calmer.

Je hausse les épaules pour lui faire comprendre que je ne souhaite pas continuer cette conversation.

— T'es prête pour ce soir ? demandé-je pour changer de sujet.

— Absolument !

Mon téléphone portable sonne tout à coup, c'est Mathilde.

— Excuse-moi, dis-je en me mettant en retrait. Allô ?

— J'ai trouvé des trucs, tu viens me voir quand tu peux ?
— Je fais au plus vite.
— Ok, à plus.

Mathilde, en grande détective qu'elle est, veut absolument savoir pourquoi Kim est de nouveau dans les parages. Je jette un coup d'œil autour de moi, et remarque qu'il y a encore du boulot ici, avant de pouvoir aller à la pêche aux infos. J'envoie un texto à Mathilde.

« *Trop de taff ici,*

Mais réserve ta pause déj avec moi,

Je veux tout savoir ! »

— Un souci ? me demande Julia.
— Non, rien de particulier, dis-je en souriant. Et si on la finissait cette salle ?

La soirée se passera dans la même salle que pour l'après-midi des enfants. C'est plus simple, et je peux utiliser les mêmes éléments. J'ai laissé la table avec les chaussettes de Noël. Il en reste un petit stock et je sais que certains collaborateurs viennent avec leurs enfants, autant leur faire plaisir.

Le sapin qui était installé dans le coin de la pièce quelques jours plus tôt, est maintenant positionné un peu plus au centre de la pièce. En arrivant ce soir, chacun devra poser son cadeau au pied du sapin et l'échange de présents se fera en fin de soirée. J'ai hâte de voir qui a pioché qui et quels cadeaux seront échangés.

Avec Julia, on a préparé un coin pour le buffet qui sera amené plus tard, en début de soirée. Un coin buvette n'est pas loin ainsi qu'un coin karaoké et photo.

Pour le coin photo, j'ai réussi à trouver un photobooth. C'est un appareil qui vous prend en photo, j'ai testé ça lors d'un mariage et c'est tellement drôle, qu'il faut le faire découvrir pendant cette soirée. C'est un peu le comble pour une agence de mannequinat dans laquelle il y a des photographes, mais ça vaut le détour. Des accessoires ont été livrés avec l'appareil, comme des lunettes en forme de sapin ou même de fausses barbes de père Noël. Je sais que ça va faire fureur.

Pour le coin karaoké, ça a été un peu plus sportif à préparer. Il a fallu installer un rétroprojecteur ainsi que l'appareil qui permet d'écouter les morceaux de musique, mais je suis plutôt fière du résultat. Bonne ambiance garantie.

— À taaaaaable !

Je me retourne vers la voix qui crie, et découvre Mathilde qui tient un sac en papier au bout de la main.

— Il est quelle heure ? demandé-je bêtement.
— L'heure de manger ! dit Mathilde en montrant le sac.
— Déjà ? demande Julia. Je n'ai pas vu la matinée passer.
— Moi non plus, dis-je en vérifiant l'heure sur mon téléphone.
— Tu manges avec nous, Julia ? demande Mathilde.
— Pourquoi pas, dit-elle. On mange ici ?

Je fais un signe de tête affirmatif.

— Autant profiter du calme, dis-je en souriant.
— Je vais juste chercher mon repas, et j'arrive.

Avec Mathilde, nous nous asseyons à une table que je n'ai pas encore préparée. Car même si le repas du soir est un assortiment de petits toasts, de mignardises et d'autres petites choses, je veux tout de même installer une vraie table où nous pourrions nous asseoir et discuter.

— Alors ? dis-je, impatiente.
— Déjà, est-ce que tu en as appris plus de ton côté ? demande-t-elle en sortant de la cuisine japonaise de son sac en papier.
— Oui !
— Raconte !

Je lui explique tout ce que Julia m'a raconté. De la rencontre entre Joshua et Kim, jusqu'à son départ. J'explique également que Julia a été amie avec elle et que ça s'est mal fini.

— Oh, c'est triste, dit-elle. Je vais t'expliquer avant qu'elle ne revienne, dans ce cas. On va éviter de l'embêter avec ça.
— Tu as raison.
— Alors, je vais la faire simple. Elle est revenue parce qu'elle ne veut plus divorcer.
— Comment ça ? m'étranglé-je.
— Elle est partie il y a un moment déjà, mais ça, tu le sais, commence-t-elle. Et ils n'ont jamais réussi à signer, car elle demande une blinde d'argent, mais surtout, elle veut la moitié de l'agence.
— Mais non !
— Puisque je te le dis !

— Mais elle n'a pas le droit !
— Je sais, d'autant plus qu'ils n'étaient pas encore mariés donc, elle n'a pas le pouvoir de demander ça. Enfin, je crois. Bref, le principal c'est que Brown a toujours refusé. Elle n'a jamais voulu lâcher l'affaire.
— D'accord… Et donc ? Pourquoi elle est là maintenant ?
— Elle veut lui faire la misère pour qu'il craque.
— Mais qu'elle pétasse !

Par colère, j'appuie un peu trop fort sur la sauce sucrée et une giclée vole sur la table. Mathilde ne bouge pas d'un iota et se retient même de rire.

— Tu peux le dire, confirme Mathilde en souriant. Tu sais, je ne l'ai jamais trop aimée cette nana.
— Tu m'étonnes, dis-je en levant les yeux au ciel. Je l'ai vue deux minutes, ça m'a largement suffi.
— Elle n'était pas comme ça avant, je comprends que Julia l'ait mauvaise quand elle parle d'elle.
— En parlant du loup, dis-je en entendant la porte s'ouvrir.

Julia est revenue avec son déjeuner.

— Vous n'avez pas fini de manger, hein ? demande-t-elle en s'asseyant. Qu'est-ce qu'il s'est passé ici ? ajoute-t-elle en voyant de la sauce partout.
— Vu tout ce qu'elle a pris… on est large, dis-je en riant. Et ça… accident de parcours.
— J'avais faim !
— Comme d'habitude.
— Ha ha, fit Mathilde, faisant mine d'être vexée.

La pause déjeunée terminée, il ne me reste que la table à préparer pour la soirée. Je décide de la faire rapidement pour ensuite retourner avec Raphaël au bureau. Il ne me faut qu'une quinzaine de minutes pour finir, et j'appelle le traiteur tout en retournant au bureau pour avoir confirmation de la livraison aux alentours de dix-huit heures.

— Ah, tu es là ! me fait Raphaël, me voyant revenir.
— Oui, qu'est-ce qui se passe ?
— Brown est passé en coup de vent, il a dit que tu devais programmer une réunion lundi avec Simon. Ou plutôt non, que tu devais réserver tout ton lundi avec Simon.
— Toute la journée ?
— C'est ce qu'il a dit, fait-il en haussant des épaules. Je te transmets juste le message.
— Merci, Raph.

Je passe deux heures à gérer les changements de planning de la semaine suivante ainsi que les coups de fil qui ne s'arrêtent plus.

La soirée commence à dix-neuf heures. Je suis la seule à faire du non-stop jusqu'au soir. Je finis habituellement ma journée de travail à dix-huit heures. Heure à laquelle aujourd'hui, je dois réceptionner le traiteur et finir d'installer la nourriture. J'ai donc prévu une tenue de rechange, que je pourrai enfiler en trente secondes avant le début de soirée.

Dix-huit heures tapantes, le traiteur est là. Tout est sur plateaux, il suffit d'enlever les emballages et de poser sur la table. Mathilde est revenue un peu plus tôt que les autres pour m'aider à installer les boissons pour la buvette. Concernant sa tenue, elle a, sans grande surprise, triché. On avait dit soirée *pull de Noël*, et elle a enfilé une robe de soirée noire pailletée, vraiment sublime. Elle a quand même ajouté un chapeau de Noël sur sa tête.

— Bah quoi, je suis dans le thème, non ? m'a-t-elle répondu, innocente.

Elle a aussi ajouté son pin's bonnet de Noël, pour être « encore *plus dans le thème* comme ça », a-t-elle ajouté. Je ne pouvais pas lui en vouloir, je savais qu'elle n'allait pas jouer le jeu.

— Je vais me changer, je reviens, lui dis-je alors que les premiers collègues font leur apparition.

Je me retrouve seule dans les bureaux. Je chante à tue-tête la chanson que j'ai entendue depuis le stand karaoké et me dirige vers la salle de réunion. Dans un coin, pliés sur une chaise, j'avais laissé mon pull de Noël ainsi qu'un autre pantalon. Alors que j'attrape la pile de vêtements, quelque chose tombe. Un cadeau emballé.

— Qu'est-ce que c'est ?

Je me baisse pour le prendre en main. Je le retourne dans tous les sens pour essayer de comprendre pourquoi ça a été mis là. Et qui a vu que j'avais déposé mes vêtements ici ?

Le cadeau est bien emballé. Dans un papier de couleur marron agrémenté de chaussettes de père Noël de couleur rouge brillant. Le tout est entouré par de la corde qui va parfaitement avec le papier cadeau, et une étiquette finit l'emballage. Une étiquette où est inscrit mon prénom.

Si c'est le cadeau pour le *Secret Santa*, que fait-il ici et non au pied du sapin, pour pouvoir l'ouvrir tout à l'heure ? Et de qui est-il ? Je récupère mes vêtements et le paquet cadeau, et me dirige vers mon bureau.

Je regarde autour de moi. Il n'y a personne.

— Tant pis, je l'ouvre maintenant.

Je pose mes vêtements sur l'angle du bureau et ouvre le cadeau délicatement. J'y découvre un livre. Je suis étonnée, car peu de gens savent que je lis ici, et encore moins de la romance. Mais ce livre me dit quelque chose. Il était dans ma bibliothèque.

— Mais, c'est celui que j'ai perdu !

Je l'avais bien dans ma bibliothèque, mais plus depuis un moment. Finalement, ce n'est pas n'importe quel livre. C'est un livre que j'ai perdu fin novembre, ce fameux matin où j'ai foncé dans Joshua et que je l'ai éclaboussé avec mon chocolat chaud.

J'observe le livre plus attentivement. Le mien avait été acheté de seconde main. Par conséquent, le dos était abîmé et la quatrième de couverture était légèrement cornée. Mais celui que j'ai entre les mains est comme neuf. Il ne peut venir que de Joshua. Est-ce que c'est lui mon Secret Santa ? Ou est-ce qu'il m'offre un cadeau de Noël personnel ? Qu'est-ce que ça veut dire ? Pourquoi l'avoir posé ici ?

— Lucie, tu es là ? crie une voix à l'autre bout de l'open space.

Je sursaute comme si j'avais été prise la main dans le sac.

— Oui ! crié-je, en retour.

Je pose le livre sur le bureau, récupère mes vêtements et me dirige vers la voix. C'est Raphaël.

— Qu'est-ce que tu fais ? Tout le monde t'attend !

— J’étais venue chercher mes vêtements pour me changer, dis-je en montrant la pile entre mes mains.

— Ils sont déjà excités alors que ce n’est que le début, dit-il en riant.

— Ça promet pour la suite, dis-je en riant avec lui. Allons-y !

Chapitre 30

Je me change rapidement dans les toilettes et je laisse mes vêtements sur le premier bureau que l'on voit en entrant dans l'open space, c'est celui de Julia. Raphaël ne m'a pas attendue, c'est donc seule que je monte rejoindre les autres.

Quand j'arrive dans la salle, j'ai le plaisir de voir que tous m'attendent.

— LUCIIIIIIIE ! crient plusieurs personnes en chœur.

Un joyeux mélange de cris, de rires et d'applaudissements m'accueille.

— Pourquoi tout ça ? demandé-je en riant.
— Pour te remercier pour cette soirée, dit George en s'avançant vers moi.

Depuis que nous avons fait la sortie au marché de Noël vendredi dernier, j'ai compris que chacun attendait cette soirée avec impatience. J'espère de tout cœur qu'ils ne seront pas déçus par cette festivité.

— Ce n'est pas grand-chose, dis-je, gênée.

— Je t'assure que c'est énorme ! enchaîne Julia. On n'a jamais eu de soirée comme celle-ci, ça ne peut qu'être une excellente soirée.

Brown choisit ce moment pour entrer dans la salle. En le voyant, je me rappelle que j'ai oublié de prendre le cadeau pour le Secret Santa. Il est dans un coin de la salle de réunion. *Merde*. J'attendrai quelques instants et je m'éclipserai pour aller le chercher.

— Tu penses qu'il a pioché qui ? me questionne Mathilde en me donnant un verre.

Je me pose exactement la même question en voyant Brown qui dépose un paquet sous le sapin. Et le livre ? C'était quoi finalement ? Brown rejoint un groupe de collègues en pleine discussion, près de la buvette.

— Je ne sais pas, on va manger un truc ? demandé-je pour faire diversion.
— Tu pensais que je t'avais attendue pour commencer ?
— T'as raison, question bête, dis-je en riant.

Devant le buffet, j'hésite. J'ai fait fort avec le traiteur. J'ai pris tout ce qui était possible sur la carte. Du salé et du sucré.

Il y a des toasts à la viande, au poisson et même aux légumes. Ainsi que des pains surprises, des verrines, et des tranches de cakes au saumon ou végétarien, mais aussi des tartelettes et des minis quiches. J'ai ajouté des crackers et des chips. Je voulais que chacun se régale et puisse manger à sa convenance.

Côté sucré, il y en a tout autant, même peut-être un peu trop. Des brochettes de fruits de saison, des biscuits de Noël, mais aussi de petits paniers de pop-corn et des saladiers bonbon. Sans oublier les incontournables mignardises : des macarons, des paris-brests, des éclairs au chocolat ou café, des choux à la crème et même du flan à la vanille. J'ai peut-être abusé avec la fontaine de chocolat, mais il fallait bien un accompagnement avec les brochettes de fruits !

— Tu as géré pour le buffet, me dit Mathilde en prenant un toast. Tout le monde se régale !
— Tu veux un secret ? demandé-je en croquant dans une tartelette salée.
— Vas-y, dit-elle, curieuse.
— J'ai choisi tout ce qui me donnait envie.
— J'en étais sûre, lâche-t-elle en riant.
— Je pensais que vous n'aimiez pas les fruits ? demande une voix dans mon dos.

Je me retourne pour faire face à Brown. Nos yeux se captent dans la seconde. La dernière fois que l'on s'est parlé, je suis partie en disant « *Au revoir, Joshua* ». Depuis, j'ai eu des réponses à certaines de mes questions, mais certainement pas grâce à lui.

— Sympa votre cravate, dit Mathilde.

Obnubilée par ses yeux, je n'ai pas fait attention à sa tenue. Costume, comme d'habitude, mais sa cravate est différente. Il a mis celle qu'il a achetée spécialement pour moi la semaine dernière, la bleue avec écrit « *Merry Xmas* ». Cette attention me touche.

— Je n'ai pas de pull de Noël, donc j'ai fait avec les moyens du bord, dit-il en s'avançant vers le buffet. Pas comme vous, dit-il en lançant un regard vers Mathilde.

— J'ai le droit de passer outre.

— Non, elle a juste triché, dis-je en la menaçant des yeux.

— En tout cas, excellent travail Lucie, dit Brown en changeant de sujet. Les buffets sont beaux et ça donne envie d'aller piocher dedans.

— Merci monsieur Brown, répondis-je abasourdie.

— Mais je réitère ma question, je pensais que vous n'aimiez pas les fruits ?

Il met une mini quiche dans sa bouche. Je le regarde, hypnotisée. Il doit arrêter de me faire de l'effet comme ça. Il faut que je me ressaisisse.

— C'est pour ça que j'ai ajouté la fontaine de chocolat, répondis-je en souriant.

Il se met à tousser. Ou plutôt, à s'étrangler avec sa mini quiche, car il rit.

— Évidemment, acquiesce-t-il, tout en buvant une gorgée de sa boisson.

— Lucie, tu viens prendre des photos ? questionne Raphaël coupant la conversation.

Je lance un regard à Mathilde, puis à Joshua.

— Même pas tu nous proposes ? demande Mathilde, outrée.

— Euh… si, dit Raphaël, gêné.

Alors que nous nous apprêtions à nous diriger vers le photobooth, un nouvel invité fait son entrée dans la salle. Simon. Mathilde nous lâche pour aller l'accueillir.

— Vous saviez qu'il venait ? demandé-je à Joshua.

— Oui, répond-il simplement.

— Monsieur Brown, puis-je vous parler ? intervient George.

Joshua me lance un regard.

— On prendra une photo plus tard ? proposé-je.

— Bien sûr, dit-il en me souriant.

Je laisse Joshua et George, et me dirige vers le photobooth où Raphaël et Lucas m'attendent. Après avoir choisi nos accessoires, nous prenons plusieurs photos. Entre temps, rejoints par d'autres collègues, nous sommes une dizaine devant l'appareil.

— Lucie ?

— Oui ?

Malgré le bruit autour, je reconnais la voix de suite. Mes yeux se posent sur lui en une fraction de seconde.

— Aaaah, monsieur Brown, venez sur la photo ! crie Lucas.

— Non merci, dit-il, fermé.

Je souris en voyant sa réaction.

— Allez, venez, dis-je en allant le chercher.

Il fait semblant de se débattre deux secondes, et lâche l'affaire.

— Attention, vous êtes prêts ? demandé-je au groupe.

Un mélange de « *oui* » et de « *vas-y* » se fait entendre. J'appuie sur le bouton et le décompte se fait. Je prends place parmi les autres.

— Trois !
— Deux !
— Un !
— CHEESE ! crie-t-on à l'unisson.

La photo s'imprime dans la foulée. Elle est tout simplement géniale. La photo se découpe en deux parties. Dans le fond, une rangée de personnes qui comprend Lucas, Raphaël, George ainsi que Julia et deux autres collègues. Et sur le devant, on me voit avec Joshua et une partie de Mathilde et de Simon, qui ont essayé de s'incruster sur le cliché durant la dernière seconde.

On rit tous aux éclats, même Joshua.

— Ah merde, on ne voit pas bien ma robe, dit Mathilde en me volant la photo des mains. En revanche, Lucie, on voit que ton pull, ajoute-t-elle moqueuse.

Je lui tire la langue comme une enfant le ferait, et lui reprends le cliché des mains.

— Je la trouve parfaite cette photo !
— Montre, dit Lucas en me reprenant le cliché.
— Pensez à en imprimer d'autres exemplaires surtout, dis-je en partant du coin photo.

Alors que je me dirige vers la buvette, je m'arrête devant le sapin. J'essaie de jeter un coup d'œil aux cadeaux posés sur le sol, quand on m'interrompt.

— Tu cherches quelque chose ? me demande Brown.
— Non, je regardai juste, dis-je innocemment.

Il fait un petit sourire, et regarde autour de lui.

— Où est le vidéaste ?

— Ah, je devais justement le rappeler ! dis-je, agacée.

Il fronce des sourcils.

— Il m'a laissé un message ce matin, me disant qu'il ne pourrait pas venir.
— Pourquoi ?
— Un empêchement de dernière minute apparemment.
— Je vois, dit-il, les lèvres pincées. Inutile de le rappeler, je verrai avec Simon pour en trouver un autre.
— Très bien. C'est juste dommage de ne pas voir de souvenir de cette soirée-ci.
— Exact, dit-il en regardant autour de nous.
— Dois-je rapp…
— Et je ne veux pas de celui de mercredi, me coupe-t-il.
— Ah bon ? Il a fait un super travail pourtant.

Il est étonné.

— Je ne veux pas de lui.

À l'intonation de sa voix, je comprends qu'il ne faut pas en discuter. Avec son brusque changement d'attitude, je comprends qu'il y a un problème, et je sais déjà lequel. Le mec m'a donné son numéro et ça ne lui a pas plu. Je décide de passer à autre chose.

— On va boire quelque chose ? proposé-je, voyant qu'il n'a plus de verre entre les mains.
— Volontiers.

Nous nous dirigeons vers la buvette quand Mathilde et Simon nous rejoignent.

— Il est sympa ton pull, me dit Simon.
— Merci, j'avoue que je le garde uniquement pour les grandes occasions.

Je baisse la tête pour admirer mon pull. Il est rouge avec un énorme sapin vert. La particularité de ce pull, c'est qu'il s'allume. Toutes les boules du sapin clignotent. Dans le genre kitch, on ne peut pas faire pire, mais j'adore !

— Lucie, je peux te parler ? me demande Mathilde.
— Vous permettez, je reviens, dis-je à Joshua et Simon.

Mathilde me prend sous le bras et nous nous écartons pour nous isoler.

— Qu'est-ce qui se passe ? demandé-je inquiète.
— Rien en particulier, mais je voulais savoir comment tu gères avec Brown ?
— On va dire que j'essaie de rester pro.
— Est-ce que tu vas lui parler ? Lui demander à propos de Kim ?
— Non, je n'en ai pas l'intention.
— Sérieux ? s'exclame-t-elle étonnée.
— Oui, pourquoi ?
— Tu ne peux pas nier le fait qu'il te plaît !
— Je…
— Attends, me coupe-t-elle. Regarde, là il est cool, il parle avec tout le monde, il est détendu, il a même souri sur la photo ! dit-elle en me tendant le cliché.

Je le prends en main et le regarde attentivement. C'est vrai que sur cette photo il sourit. Et ses yeux pétillent. Il est content d'être là, il ne peut pas le nier.

— Laisse la soirée se passer, et va lui parler.

— Pourquoi es-tu si insistante ?

Elle se triture les mains. Qu'a-t-elle fait ?

— Je lui ai parlé.
— Quoi ? Mais pourquoi ? Qu'est-ce que tu as dit ? Et qu'est-ce qu'il t'a répondu ?
— Minute papillon, dit-elle en lançant un regard vers Joshua et Simon. En fait, hier soir j'étais chez Simon. Et il a débarqué. Enfin, non, ils avaient une soirée mecs de prévue mais comme j'étais chez Simon, il n'a pas voulu que je parte donc c'est comme si je m'incrustais tu vois, mais…
— Mathilde ! T'es sérieuse ? la coupé-je. Je m'en fous des détails, dis-moi ce que tu lui as dit !
— Est-ce qu'un jour tu vas devenir patiente ? me demande-t-elle sérieuse.

Je lève les yeux au ciel quand je percute d'un détail.

— C'est que maintenant que tu me racontes tout ça ? Pourquoi ne pas me l'avoir dit ce midi ? Alors qu'on parlait de Joshua !
— Simon ne voulait pas que je t'en parle…

Vu sa tête, cette idée ne lui plaisait pas, alors qu'est-ce qui a changé et pourquoi elle m'en parle finalement ?

— Mais je viens d'en reparler avec lui, et je lui ai expliqué notre conversation de ce midi et il m'a dit de tout te raconter !

Je lance un regard vers Simon qui est en pleine discussion avec Joshua.

— Bon du coup, qu'est-ce que tu as dit ? demandé-je en ne les quittant pas des yeux.

— Si tu ne m'avais pas coupée, j'aurais déjà fini mon histoire.

Elle lance de nouveau un regard vers Joshua et Simon, ma patience a des limites, il ne faut en pas abuser.

— Qu'est-ce que tu as, à toujours les regarder comme ça ?
— Qu'est-ce qui m'empêcherait de les regarder ?
— Tu as une histoire à raconter, restes concentrée s'il te plaît !
— D'accord, bon. Quand il est arrivé, je me suis éclipsée quelques minutes dans la pièce d'à côté. Mais, tu me connais, j'ai écouté.
— Je n'en attendais pas moins de ta part, dis-je en souriant.
— Simon lui a tout de suite demandé si cette histoire avec Kim était vraie. À croire que tout le monde savait qu'elle était revenue.
— Qu'est-ce qu'il a répondu ?
— Tu vas arrêter de me couper ?
— Oui, allez !
— Il lui a dit qu'elle était bien revenue et qu'elle voulait encore plus de choses qu'avant. L'agence, de l'argent et même son appartement.
— Oh putain, dis-je naturellement.
— Je sais, une vraie pétasse. Simon lui a demandé ce qu'il allait faire et…

Mathilde se tait un instant et lance un énième regard aux garçons. Le suspense est à son comble.

Chapitre 31

Alors que j'attends que Mathilde reprenne sa phrase, Lucas vient nous rejoindre.

— Dites les filles, ça vous dit que l'on se fasse un trio ?
— Un trio ? demande Mathilde.
— Mais oui, une chanson ! dit-il en montrant le karaoké.
— Deux secondes Lucas, on parle d'un sujet important là, m'impatienté-je.
— Vous pouvez parler après, non ?

Mathilde me regarde. Elle sait que j'attends la fin de son histoire avec impatience, et toute coupure n'est absolument pas la bienvenue. Tandis que je m'apprête à répondre à Lucas, des exclamations se font dans la salle. Ne comprenant pas ce qu'il se passe, je jette un coup d'œil autour de moi. Et je vois Joshua, prêt à porter un toast.

— Merde, dis-je entre mes dents.

Il fait tinter son verre à l'aide d'une petite cuillère prise sur le buffet sucré. Il s'éclaircit la gorge, et se met à parler :

— Je voulais vous remercier d'être là ce soir, dit-il en levant son verre. Et j'aimerais que tout le monde applaudisse celle qui nous a réunis ici ce soir, Lucie !

Des applaudissements et des cris se font entendre de toute part. Je sens le rouge me monter aux joues. Je suis si reconnaissante, si touchée. Joshua a posé son verre pour m'applaudir également. Je suis émue. Je ne pensais pas qu'apporter ma petite touche de Noël ici, à *Little Brown*, allait autant être apprécié.

Quoi de mieux que la magie de Noël pour rassembler les gens ?

Je vois tout le monde me fixer, ils attendent sûrement que je parle à mon tour. Je prends le verre des mains de Lucas, toujours à mes côtés, et le lève.

— Merci à tous d'être là ce soir, d'avoir joué le jeu avec les pulls de Noël. Ou presque, dis-je en fusillant Mathilde du regard.

L'assemblée se met à rire.

— J'ai passé une excellente année avec vous tous, ici présents. Et, je ne voulais pas me l'avouer, mais cette soirée était aussi un moyen pour que vous vous souveniez de moi quand je ne serai plus là.

Mathilde attrape ma main et la serre.

— Je sais que j'ai encore quelques semaines parmi vous, toutefois, quoi de mieux qu'une soirée de Noël pour marquer le coup ?

Nouveau rire général.

— Merci à tous, sans exception.

Je lève le verre un peu plus haut, l'assemblée en face de moi fait de même, et tout le monde prend une gorgée.

En préparant cette soirée, j'étais à mille lieues d'imaginer que j'allais ressentir autant de choses. Je suis surtout contente et soulagée de voir que tout se déroule comme prévu et que mes collègues sont contents.

— On va chanter ? me demande Lucas.
— Va choisir la chanson, j'arrive dans deux minutes !

Je pose mon verre sur la première table venue et cherche Mathilde des yeux. Je la vois au loin sortir de la salle avec Simon. La garce, elle est en train de m'échapper.

— Ils reviennent, déclare Joshua juste à côté de moi, ils sont partis… s'isoler.
— Je vois, dis-je en souriant.
— Tu passes une bonne soirée ?
— Oui, merci.

Les mots de Mathilde me reviennent en tête « *il est cool, il parle avec tout le monde, il est détendu* ». Je préfère faire abstraction de tout le reste et lui propose quelque chose d'inattendu :

— Tu viens chanter ?

Il est étonné par le tutoiement alors qu'il y a du monde autour de nous susceptible de m'entendre. Et surpris aussi, sans doute, par cette proposition. Son sourire en coin fait son apparition.

— Chanter ?
— Oui.
— Moi ?
— Toi.

Je souris. J'aime le voir déboussolé et surtout, le voir sortir de sa zone de confort.

— On va s'amuser à faire des questions-réponses pendant longtemps ?
— Je peux faire ça pendant un moment, me taquine-t-il.
— Allons chanter ! dis-je en lui prenant la main.

Il ne la lâche pas et me suit jusqu'au karaoké.

— Oh, monsieur Brown, vous allez chanter ? demande Lucas surpris de voir Joshua prêt à partager la scène.
— Absolument ! dis-je en lâchant sa main et en attrapant un micro.
— Je vais juste vous regarder, rétorque Joshua.
— Tiens, ton micro. Surtout, mets-le suffisamment proche de ta bouche pour que l'on puisse bien t'entendre chanter, dis-je en parlant un peu plus fort pour être sûre que les personnes autour de nous m'entendent.

Et ça fonctionne, puisque plusieurs personnes s'approchent pour venir nous regarder. Ce n'est pas sympa de ma part, mais je m'amuse de le voir si coincé face à un karaoké. Je n'ai jamais eu honte de chanter comme une casserole, le principal est de m'amuser. Et je sais que ça va être le cas.

— Fais-moi confiance, lui chuchoté-je.

Lucas appuie pour démarrer la chanson. Je n'ai pas fait attention à son choix, jusqu'à ce que j'entende la première note. J'éclate de rire. C'est incontrôlable.

— Je ne vais pas chanter ça, dit Joshua, dépité.
— Bien sûr que si ! dit Lucas, tout content de lui.

— « *L'hiver s'installe doucement dans la nuit* »

Libérée, délivrée est la meilleure chanson pour faire chanter Joshua. Non seulement elle fait fureur auprès de tous, mais c'est surtout un choix drôle et surprenant, car personne ne s'attend à le voir chanter cette chanson.

Plus la chanson avance, plus nous sommes nombreux à nous égosiller sur le titre de *La reine des neiges*, et plus Joshua se lâche jusqu'à ce que nous fassions un duo du tonnerre sur les dernières notes.

La foule hurle, c'est intense. Je suis en transe et je suis portée par toute cette énergie autour de moi, et par ce duo avec Joshua. J'en ai même oublié Lucas avec qui nous chantions en trio au début. Un instant à jamais gravé.

— Je m'arrête là, annonce Joshua en reposant le micro.
— Moi aussi. J'ai besoin d'une pause, je vais aller boire.

Il m'accompagne jusqu'au coin buvette. Il me sert un verre, et nous buvons en nous regardant dans les yeux. Je sens que cette chanson a changé quelque chose. Nous sommes plus détendus, comme si nous avions créé une bulle qui nous apaisait après ces derniers jours compliqués.

— Alors comme ça, tu connais *la reine des neiges* ? demandé-je curieuse.
— J'ai dévoilé mon secret à tout le monde, dit-il en riant.

Son rire fait battre un peu plus mon cœur. Le voir sourire me fait chavirer.

— Pour ma défense, commence-t-il, il ne faut pas que tu oublies que si j'ai chanté, c'est parce que tu m'as forcé.

— Oui, c'est ça, ris-je.
— Ensuite, c'est à cause de Gloria si je connais *ce film*.

Mon cœur fait un bond. Je ne m'attendais pas à ce qu'il me parle de cette petite fille ici, maintenant. Penser à elle me fait toujours un peu mal au cœur. J'essaie de chasser ce sentiment de ma tête en me concentrant sur ce que Joshua me raconte.

— Je pense que nous l'avons regardé un milliard de fois, et je n'exagère pas en disant ça. Dès qu'elle venait à la maison, on le regardait. Encore et encore.
— Tu n'as jamais tenté un autre Disney ?
— Bien sûr que si, mais c'était notre truc. Entre Gloria et moi… et Elsa.
— Tu as un cœur, quand tu veux.

C'est sorti tout seul. Mais en une phrase, tout ce qui s'est passé ces derniers jours me revient en mémoire, comme une gifle. Notre parenthèse vient de se refermer aussi rapidement qu'elle s'est ouverte.

— Apparemment oui, dit-il en me regardant dans les yeux. Je ne veux pas que tu en doutes.

Comme ça, c'est dit.

— Lucie, est-ce que ça t'embête si j'ouvre mon cadeau maintenant ? intervient George.
— Oh, non, George, vas-y, fais comme tu veux, dis-je poliment. D'ailleurs, ça me rappelle que je dois aller chercher le mien, je l'ai oublié dans la salle de réunion.

Je lance un dernier coup d'œil à Joshua. Il a profité de la venue de George pour se jeter sur le buffet tout en parlant avec Julia non loin de lui.

— Dis-moi, George, aurais-tu vu Mathilde dans les parages ?
— Pas depuis un moment.
— Merci quand même.

Je lui adresse un sourire et me dirige vers la sortie.

Personne dans les bureaux, je fonce vers la salle de réunion pour y récupérer mon paquet. Avant de retourner à la soirée, je récupère mon téléphone resté sur mon bureau et essaie de joindre Mathilde. Je tombe directement sur son répondeur.

— Mathilde, t'as intérêt à revenir à la soirée et à finir ton histoire, parce que non, je ne t'ai pas oubliée. Si tu ne reviens pas, je te retrouve et je te tue.

En reposant mon téléphone, mes yeux tombent sur le livre que j'ai laissé là quelques heures plus tôt. Je le prends en main, et le regarde de plus près.

— Il va falloir que je me penche sur cette histoire du livre.

Je le pose et repars à la soirée.

George a dû donner l'accord pour ouvrir les cadeaux, car tout le monde est autour du sapin et s'échange des paquets, s'embrasse ou s'enlace. Je me fraye un chemin et dépose mon paquet incognito au pied du sapin.

Je m'approche du buffet et en profite pour engloutir quelques petites bouchées. J'ai choisi la nourriture, je me dois aussi de la goûter et dans l'idéal, goûter à tout. Juste pour ma culture personnelle.

— Tu te régales ? me demande Raphaël.

Il est en train de se faire une assiette avec une dizaine de bouchées salées et sucrées.

— Oh que oui, je ne regrette pas mon choix de traiteur.
— Tu m'étonnes. Et encore, tu n'as pas encore goûté la fontaine de chocolat.
— Ne t'inquiète pas, je ne vais pas tarder à le faire, dis-je en m'avançant vers celle-ci.
— Au fait, monsieur Brown m'a dit de te faire passer un message. Il est désolé, mais il a dû s'en aller.
— Ah. C'est tout ?
— Oui, dit-il en haussant les épaules.
— Merci, Raph.

Un peu déçue, je me rue vers la fontaine de chocolat et les bonbons.

Je passe le reste de la soirée avec Raphaël et Lucas. Que ce soit devant le photobooth ou le karaoké, on ne s'arrête plus. Il ne reste plus que nous trois quand ils décident qu'il est temps pour eux d'y aller.

— Je vais juste me faire un doggy bag, et je rentre aussi, rassuré-je les garçons en les embrassant.
— Merci encore pour cette soirée, dit Lucas en m'enlaçant.
— Bon week-end, les garçons.

Je me dépêche de prendre le reste de nourriture, soit quelques quiches et quelques bouts de cake. Ainsi qu'une dizaine de mignardises. Le buffet a fait l'unanimité.

Au moment d'éteindre les lumières, mes yeux sont attirés par un paquet rouge qui est encore au pied du sapin. Qu'est-ce que ça fait là ? Je pose mon doggy bag près de la porte, et vais voir le paquet.

C'est un beau paquet rouge, avec du bolduc doré qui entoure le tout. Je me penche pour l'attraper quand je vois une étiquette sur laquelle est écrit « *Lucie* » au crayon noir. Mon cœur a un loupé. C'est un cadeau pour moi. Celui du *Secret Santa*. Je l'ai complètement oublié.

Mais je ne comprends pas pourquoi il y a encore un cadeau à mon nom puisque j'ai déjà eu celui de Joshua. Il m'a offert le livre en tant que Secret Santa. À moins que ce ne soit qu'une coïncidence ? Ce n'était pas lui, mon Secret Santa ? Pourquoi m'offrir un cadeau dans ce cas ? Je n'y comprends plus rien.

Je prends une grande inspiration et ouvre doucement le paquet. Ce que je découvre à l'intérieur me coupe le souffle. Mon cœur bat à toute allure, je n'arrive pas à y croire.

C'est la boule à neige que je voulais. Celle du marché de Noël.

Chapitre 32

— Dépêche-toi, pressé-je l'ascenseur.

Mes pensées vont à toute allure. Je dois aller voir Joshua. Et vite. Je me précipite à mon bureau pour récupérer mes affaires. En mettant mon manteau, je fais tomber quelque chose au sol. C'est le livre que Joshua m'a offert plus tôt dans la soirée.

Tout en m'abaissant pour le ramasser, je vois une feuille dépasser du livre que je n'avais pas vue auparavant, sûrement plaquée entre les pages du roman. Intriguée, je la récupère et dépose le livre dans mon sac.

— Mais qu'est-ce que… Oh !

La feuille qui dépasse n'est autre que l'acte de divorce de Joshua et Kim. Signé de la main de Joshua.

— Il l'a signé.

J'ai la preuve sous les yeux qu'il se fiche de Kim, et je comprends alors que son « *ce n'est pas ce que tu crois* », écrit quelques jours plus tôt sur un post-it était vrai. Je mets l'acte de divorce dans mon sac, enroule mon écharpe autour du cou et pars aussi vite que possible.

Le taxi me dépose juste devant l'immeuble de Joshua. Je remercie le chauffeur d'un billet et descends. J'ai le cœur qui bat la chamade.

— C'est le moment, me dis-je pour m'encourager.

J'ouvre la porte vitrée et tombe directement sur Steeve, toujours fidèle au poste.

— Bonsoir, mademoiselle, me salue-t-il.
— Bonsoir, Steeve, réponds-je timidement. Est-ce que monsieur Brown est là ?
— Oui. Dois-je l'informer de votre venue ?
— Est-ce obligatoire ?
— Pour vous, non.
— Comment ça ? demandé-je intriguée.
— Vous pouvez y aller, dit-il simplement en indiquant l'ascenseur.
— Euh… merci, Steeve.

L'attente dans l'ascenseur est interminable. J'ai le temps de me refaire vingt fois le « *pour vous, non* » de Steeve. Qu'est-ce que ça veut dire ? Les portes de l'ascenseur s'ouvrent, mon cœur va exploser.

Postée devant la porte de Joshua, je prends une grande inspiration et frappe. Il ne faut qu'un court instant pour que la porte s'ouvre.

— Euh, bonjour ? dis-je étonnée.

J'ai devant moi une petite fille. Je mets quelques secondes à la reconnaître, c'est la fillette que j'ai vue au marché de Noël, la fois où j'ai pensé que c'était la fille de Joshua.

— Tu dois être Gloria ? lui demandé-je doucement.
— C'est ça, et toi, tu es … ?
— Lucie, enchantée.

Je lui tends la main. Elle me la serre, prête à continuer la conversation.

— Gloria, qu'est-ce que…

Joshua vient d'apparaître au-dessus de Gloria. Il stoppe sa phrase en me voyant. Son visage a exprimé plusieurs sentiments en à peine quelques secondes. Il est d'abord étonné de me voir, puis, très vite, il sourit. Sans doute content ou soulagé que je sois là.

— Gloria, je t'ai déjà dit de ne pas ouvrir la porte.
— Désolée, je pensais que c'était maman.
— Et quand tu as vu que ce n'était pas elle, tu attendais quoi pour m'appeler ?
— Je ne craignais rien avec Lucie.
— Qu'est-ce qui te fait dire ça ? demande-t-il sérieux.
— Je t'ai déjà entendu parler d'elle à maman. Tu as dit qu'elle était gentille.

Mon cœur a un loupé. Il a parlé de moi ? Qu'a-t-il dit exactement ?

— Allez, file. Ta glace est prête dans la cuisine.
— Lucie, tu veux de la glace ? me demande Gloria sans prêter attention à Joshua.
— Euh…

Je ne sais plus quoi répondre.

— Tu veux de la glace ? me demande Joshua.
— Pourquoi pas ?

Il me fait un sourire en coin et se recule pour me laisser passer. Je suis Gloria côté cuisine, où je découvre un bol débordant d'un mélange de chantilly et de coulis de chocolat, le tout parsemé de paillettes multicolores.

— Waw, impressionnant, ris-je.
— Tu veux la même chose ? me demande Gloria en s'installant face à sa glace.
— Avec plaisir, dis-je en souriant.

Je lance un regard à Joshua qui a déjà la tête dans le placard pour récupérer un nouveau bol. Il rit.

— Tu es toute seule à en manger ? la questionné-je, en m'installant sur la chaise à ses côtés.
— Oui, Joshua ne veut pas en prendre.
— Je ne suis pas étonnée.
— Apparemment, il est trop tard pour manger de la glace.
— C'est toujours l'heure de la glace, lui dis-je en faisant un clin d'œil.
— Mais pas un mot à maman surtout, dit Joshua en nous regardant.
— Motus et bouche cousue, fit-elle en mimant une serrure à sa bouche.

Les voir ensemble me touche. On peut voir à quel point ils sont proches et liés. Alors que Joshua commence à préparer ma glace, on frappe à la porte. Gloria qui s'apprête à commencer sa glace, lâche sa cuillère, descend de sa chaise et court ouvrir la porte.

— Gloria, je t'ai déjà dit de ne pas ouvrir la porte ! crie Joshua en laissant en plan ma glace.

— C'est moi, ne t'en fais pas ! retentit une voix féminine.

Je me fige sur place. La dernière fois qu'une femme est venue alors que j'étais ici, c'était Kim. Et les jours qui ont suivi ce moment ont été compliqués.

— Vous devez être Lucie ? demande une voix qui s'approche.

Je tourne la tête et découvre une jolie jeune femme. Celle qui avait accompagné Joshua au marché de Noël il y a quelques jours. Elle est brune, de longs cheveux, bien habillée, classe, mais pas trop. Et elle a un truc dans les yeux… de sympa.

— Oui, ravie de vous rencontrer, dis-je en me levant de ma chaise, tendant la main.

— Je suis Charlotte, se présente-t-elle. Tu permets ?

Sans même attendre ma réponse, elle ignore ma main et me serre dans les bras. Je n'aime pas que l'on se permette ce genre de choses, à vouloir me toucher ou à être dans « *mon espace vital* ». Mais là, le moment n'a duré que quelques secondes, et pourtant, j'étais bien. Il y a quelque chose qui émane de cette femme. Je sais déjà que ça va coller entre elle et moi.

Joshua, resté au second plan, sourit de cette situation.

— Tu sais que Lucie n'aime pas ce genre de truc ? dit-il.

— Désolée, dit-elle en reculant d'un pas.

— Comment sais-tu ça toi ? le questionné-je, étonnée.

— Je le sais, c'est tout, répond-il en haussant les épaules.

Charlotte nous regarde tel un match de tennis, son regard allant de lui à moi et inversement. Elle sourit.

— Bon, Gloria, on y va ?
— Attends, maman, je n'ai pas encore mangé ma glace.

Charlotte lance un regard noir à Joshua.

— Josh, sérieux ? De la glace ?

Joshua regarde Gloria. Pris la main dans le sac.

— En fait, c'est la mienne, dis-je en récupérant le bol sur la table.

Pour prouver mes dires, je prends une énorme cuillère de chantilly et l'engloutis.

— Délichieux, dis-je la bouche pleine.
— Bien joué, Lucie, dit Charlotte, mais ça ne prend pas avec moi. Je vous ai grillé tous les deux !

Elle pointe Joshua et Gloria du doigt. Les deux suspects se mettent à rire. Très vite rejoints par Charlotte, et par moi-même.

— Allez, maman, une petite ? S'il te plaît ?
— D'accord, mais à condition que j'en aie un peu aussi, dit Charlotte en souriant.
— Yes ! s'écrie la petite fille, victorieuse.
— Tournée générale, annonce Joshua en attrapant un nouveau bol.

On passe l'heure qui suit à manger une glace tout en bavardant de choses et d'autres. Je n'ai pas oublié le pourquoi de ma présence ici, et je sens les regards de Joshua sur moi de plus en plus insistants. J'aime beaucoup Charlotte et Gloria, mais j'aimerais être en tête à tête avec Joshua.

— Allez, Gloria, on y va, dit Charlotte.

À croire qu'elle lit dans mes pensées. Je bois une gorgée d'eau, regardant une Gloria triste de devoir quitter cet appartement. Alors qu'elle met son manteau, une idée me vient.

— Gloria ?
— Oui ? dit-elle me regardant.
— Tu fais quelque chose demain ?

Elle lance un regard à sa mère.

— Non pourquoi ?
— Demain, je travaille avec le père Noël. Que dirais-tu de passer dire bonjour ?
— Oh, tu crois ?
— Et si tu veux tout savoir, le père Noël m'a dit qu'il distribuerait des cadeaux aux enfants qui seront présents. Qu'en dis-tu ? Tu viendras ?

Elle lance un nouveau regard à sa mère. Cette dernière fait un signe de tête affirmatif.

— Oui, je serai là, Lucie, dit-elle tout sourire.
— Parfait, j'ai hâte de te revoir, lui dis-je, sincère.
— À demain, Lucie.

Elle me fait un câlin, pendant que Charlotte me fait un signe de la main. Puis, elles s'en vont. Joshua va fermer la porte derrière elles, me laissant dans la cuisine. Il revient quelques instants plus tard. Nous sommes enfin seuls.

Chapitre 33

— Tu as passé une bonne soirée ? me demande-t-il en s'avançant vers moi.

— Honnêtement ?

— Oui, répond-il, étonné.

— Elle s'améliore de minute en minute.

— Ah, souffle-t-il en faisant apparaître son sourire en coin.

Il s'arrête à un pas de moi. Un tout petit pas de plus et je pourrais le toucher, le sentir, l'embrasser. À cette idée, mon cœur s'accélère.

— Je suis venue, car j'ai plusieurs questions, commencé-je. Pourrais-tu me répondre, sincèrement ?

— Je suis toujours sincère quand il s'agit de toi.

Son regard s'intensifie, tout comme les battements de mon cœur. J'avale ma salive, verrouille mon regard au sien, et commence à parler.

— Pourquoi Steeve n'est pas obligé de te prévenir de ma présence ?

Il se met à rire. Bon Dieu, ce que j'aime ce son.

— C'est ça ta première question ?
— Tu t'attendais à autre chose ?
— Oui, mais je sais que ça viendra après. Pour te répondre, c'est parce que tu es toujours la bienvenue ici. Et que j'ai confiance. Tu peux venir quand tu veux, ma porte sera toujours ouverte. Pour toi.
— D'accord… ça n'empêche que d'autres viennent ici. Je pense que nous sommes plusieurs à avoir le luxe d'avoir ta confiance.
— C'était une question ?
— Non, réponds-je plus sèchement que prévu.

L'atmosphère se refroidit en un instant.

— Je sais que tu parles de Kim en disant ça. Et que tu fais référence à ce fameux matin où elle a débarqué. Mais sache que ce n'est pas ce que tu crois.

Il se rapproche, et m'attrape la main.

— Je peux t'assurer que j'ai passé un savon à Steeve ce matin-là. Mais Kim a réussi à l'embobiner je ne sais pas comment. Bref, elle n'a aucun droit d'être ici. Et depuis bien longtemps.

Avec sa main libre, il se passe la main dans les cheveux. Tout à coup, il est nerveux.

— Écoute, Lucie, Kim me fait vivre un enfer depuis pas mal de temps maintenant. J'ai dit que j'allais être honnête avec toi, donc je vais tout te raconter. J'ai été marié avec elle, et elle est partie avec un autre. On était ensemble depuis que nous étions ados, et on s'est mariés parce que c'était ce qu'on attendait de nous. J'étais tellement accro à mon boulot que je l'ai délaissée et par la force des choses, elle est allée voir ailleurs. Je ne l'aimais plus depuis longtemps, et honnêtement, ça ne m'a rien fait quand elle m'a quitté.

Connaître cette histoire est une chose, l'entendre raconter par le principal intéressé en est une autre.

— Ne va pas croire que je n'ai pas de cœur, reprend-il précipitamment, en serrant ma main. Mais avec Kim, c'était plus de la figuration qu'autre chose.
— Je vois…
— Depuis deux ans, on est en instance de divorce.
— C'est censé être aussi long pour divorcer ? demandé-je, curieuse.
— Quand l'un des deux époux n'est pas d'accord, oui. Elle me demande énormément de choses en contrepartie du divorce. Jusqu'à la moitié de *Little Brown.*
— Mais elle n'a pas le droit !
— Je sais, dit-il en me regardant droit dans les yeux. Mais les choses ont changé, et j'ai décidé que je ne voulais plus me battre.
— C'est pour ça que tu as signé ?
— Tu as vu la feuille dans le livre alors ? demande-t-il en souriant timidement.

Je lâche sa main pour aller fouiller dans mon sac.

— Pourquoi l'as-tu signée, sachant qu'elle voulait *Little Brown* ? demandé-je en lui tendant la feuille.
— Est-ce que tu as lu les conditions ?
— Non, je devrais ?
— Oui, dit-il en me rendant la feuille.

Je parcours la feuille des yeux, jusqu'à trouver ce que je cherche. Je lis à voix haute.

— « Joshua Brown consent à léguer une partie de sa fortune ainsi que son lieu de vie. »

Je cherche, mais je ne trouvais rien d'autre.

— Quand je lui ai proposé une plus grosse somme d'argent, elle a fini par laisser tomber pour *Little Brown*. Elle a tout simplement dit « *de toute façon, je n'en voulais pas de tes gosses* ».
— Mais… Et ton appartement ?
— Ce n'est qu'un appartement Lucie, ce n'est pas grave. Elle en fera ce qu'elle veut, je m'en fiche. Moi ce que je veux, c'est qu'elle arrête de me pourrir la vie. Qu'elle arrête d'apparaître sans cesse. Et surtout, je ne veux plus qu'elle te parle comme elle l'a fait. Personne ne devrait le faire.

Mon cœur fait un bond. Plusieurs sentiments s'entremêlent. Le soulagement, la colère, la joie, la peine. J'ai tout de même des choses à lui dire. Je prends une grande inspiration, et me lance :

— Tu sais que j'avais honte, quand elle a débarqué ?
— Je suis désolé de ne pas être…

— Attends, le coupé-je. À la première seconde où je l'ai vu, j'ai su que je ne l'aimais pas. Quand j'ai compris qu'elle était ta femme…

Ma vue se brouille.

— Je t'en ai tellement voulu ce matin-là. Et quand elle m'a tendu ses billets, je…
— Je suis un idiot. Complètement idiot, dit-il en me prenant dans ses bras.

J'ai la tête contre son torse, cet endroit rassurant et qui sent toujours bon. Cet endroit qui m'a tant manqué ces derniers jours. Je sens mes larmes couler.

— Pourquoi pleures-tu ? me demande-t-il en se reculant pour m'observer.
— Joshua, je suis perdue. Totalement perdue.

Je lance la feuille sur la table de la cuisine et me dirige vers la baie vitrée. Il est tard à présent, très peu de voitures circulent dans les rues. Je vois le reflet de Joshua dans la vitre, qui vient de se poster derrière moi.

— Tu es tendre et attentionné, mais l'instant d'après, tu te comportes comme un vrai connard. Tu m'as fait vivre des moments merveilleux, mais aussi certains des plus horribles, dis-je tout bas. Je ne sais plus comment agir avec toi.
— Je t'assure que j'essaie de m'améliorer. Je veux le meilleur pour toi.

Je me retourne pour pouvoir l'observer.

— Comment te croire ?
— J'ai chanté *La Reine des neiges*, dit-il, sérieux.

Il a le don pour me faire sourire.

— Tu penses que c'est suffisant ?
— Bien sûr que non, mais je veux te prouver que…
— Pourquoi ne pas m'avoir expliqué pour Kim ? Ce fameux soir où je suis venue chez toi ? le coupé-je.
— Je ne voulais pas bousiller l'ambiance. On était bien, on rigolait, on se cherchait. Ose dire que si je t'avais parlé d'elle, on aurait eu la même soirée ?

Il a raison sur ce point, néanmoins, ce n'est pas suffisant comme réponse.

— Le problème Joshua, c'est que j'ai l'impression que tu attends toujours qu'il se passe quelque chose pour te livrer à moi.

Il se passe la main dans les cheveux.

— Parce qu'une part de moi est comme ça. Discret, qui ne se dévoile pas ou très peu. Je suis quelqu'un qui donne difficilement sa confiance.
— J'avais remarqué, dis-je tout bas.
— Tu peux comprendre que je ne veux pas tout dévoiler tout de suite ? Que je préfère garder certaines parts de moi dans l'ombre pour l'instant ? Cette histoire avec Kim n'est pas ce que je préfère raconter à la femme qui me plaît. C'est même la dernière chose dont j'ai envie.
— Je crains juste qu'un beau jour d'autres choses ne ressortent.
— Je comprends…

On se retrouve face à une impasse. L'un a envie de fournir des efforts et d'avancer, mais l'autre a peur.

— Je pense que le week-end va nous faire du bien pour y voir plus clair, dis-je en me dirigeant doucement vers mes affaires laissées sur une chaise.
— Lucie, attends, dit-il en m'attrapant la main.

Il me regarde dans les yeux quelques secondes.

— Est-ce que tu me crois quand je dis que je fais des efforts ?

Je ne réponds pas.

— Tu as le droit de flipper, mais penses à ces moments qu'on a passés tous les deux. Rien que tous les deux.

Mon cœur fait un bond.

— Crois-moi, Lucie, je ne vais pas en rester là.

Je lâche sa main, récupère mes affaires et je sors de chez lui.

Chapitre 34

JOSHUA

Le 19 décembre

C'est aujourd'hui ou jamais pour lui montrer qu'elle est devenue importante pour moi, lui montrer que je tiens à elle.

Petit à petit, je redeviens le Joshua que j'ai perdu de vue, celui que j'étais autrefois. Je vérifie une dernière fois mon reflet dans le miroir, ferme mon manteau et sors de chez moi.

— Bonjour Steeve, dis-je en traversant le hall d'entrée.
— Bonjour Monsieur Brown. Passez une belle journée.
— Vous aussi, Steeve.

Je me dirige vers l'appartement de Charlotte. Il n'est qu'à trois minutes de marche du mien et on a de la chance aujourd'hui, le temps est radieux. Grand soleil sans aucun nuage à l'horizon. C'est parfait pour la journée qui m'attend.

Je sonne et attends que l'on me réponde.

— Tu peux monter, dit la voix de Charlotte dans l'interphone.

Je ne suis pas encore arrivé au second étage que j'entends la porte s'ouvrir.

— Elle finit de se préparer, me dit Charlotte en me rejoignant au milieu de l'escalier. Je te rejoins là-bas, comme prévu ?
— Absolument, réponds-je en continuant de monter les marches.

Charlotte a un rendez-vous, je profite de ce moment pour passer du temps avec Gloria et surtout, l'emmener voir le père Noël. Je soupçonne Charlotte d'avoir pris un rendez-vous ce matin alors que d'habitude, elle ne travaille jamais le week-end. Elle a tout de suite compris que « *aller voir le père Noël* » voulait aussi dire « *aller voir Lucie* ». Et elle n'est pas dupe et a très bien vu ce qu'il s'est passé entre Lucie et moi, la veille au soir.

— T'es prête ? demandé-je à Gloria en entrant dans l'appartement.
— Presque, crie-t-elle de sa chambre.

Alors que j'attends Gloria dans le petit couloir de l'entrée, mes yeux tombent sur une photo encadrée et accrochée au mur. C'est une photo prise lors des cinq ans de Gloria. C'était une journée mémorable. On avait mis le paquet pour que Gloria soit la plus heureuse du monde.

On avait loué une maison en bord de mer, pas très loin d'ici. Il y avait une grande partie du jardin avec de l'herbe, et on avait aussi accès à la plage juste derrière, en passant un petit portillon. Pour l'occasion, côté jardin, on avait installé un énorme château gonflable pour qu'elle puisse jouer avec ses amis invités ce jour-là. Et côté plage, on avait fait un concours de sculptures de sable.

On avait prévu des déguisements de princes et princesses pour chacun des invités et un gâteau d'anniversaire qui était la miniature du château de Disney.

Sur la photo que j'ai sous les yeux, je peux voir Gloria, habillée en *Reine des Neiges*, tendant les mains vers moi pour attraper sa part de gâteau. Elle est assise sur les genoux de son père, qui lui, rit aux éclats, car il essaie de mettre de la crème chantilly sur le nez de Charlotte.

Parfois, en me concentrant bien, je peux encore entendre son rire. Voir ce cliché me fait de la peine autant qu'il peut me faire sourire.

— Je suis prête, s'exclame Gloria en s'arrêtant près de moi.

J'en avais presque oublié la raison de ma présence ici.

— Allons-y alors, dis-je en quittant la photo des yeux. Que dirais-tu que l'on s'arrête sur la route pour se prendre un truc à grignoter ?
— Hummm, répond Gloria en se léchant les lèvres.
— Tu pourras choisir l'endroit si tu veux.
— Cool !

Nous marchons l'un à côté de l'autre, en direction du marché de Noël. Gloria me raconte qu'elle apprécie beaucoup Lucie et qu'elle espère la revoir.

— Mais après le marché de Noël, souligne-t-elle.
— On verra, d'accord ? dis-je doucement.

Nous continuons notre route, quand Gloria s'arrête net.

— Ici, dit-elle en montrant du doigt le coin d'une rue.

C’est un marchand de boissons chaudes, logé dans une petite maison en bois. Je le connais bien cet endroit. J’y venais souvent, jusqu’à ce qu’un matin Lucie me fonce dedans avec son chocolat chaud. J’ai décidé de ne plus venir ici, non pas que je craignais d’être éclaboussé encore une fois, mais il me fallait plus de temps pour me préparer à la voir.

Ça fait un moment que mon esprit divague et dépasse la limite quand il s’agit de Lucie. Et plus on approche de la fin de son contrat, plus j’ai du mal à me contenir. A croire que mon cerveau sait que je peux m’approcher d’elle sans dépasser la limite boss / assistante.

Depuis quelques semaines, passer ici était horrible. Je me forçais à penser à autre chose qu’à elle, mais c’était voué à l’échec. Surtout à partir du moment où elle m’avait foncé dedans avec sa boisson chaude, j’avais compris que je devais changer d’endroit. Finalement, ça n’avait fait qu’accentuer mes pensées et l’envie d’être près d’elle.

— Alors, tu prends quoi ? me demande Gloria.

Deuxième fois ce matin que je me perds dans mes pensées.

— Un café et deux chocolats supplément chantilly, s’il vous plaît, commandé-je en prenant mon portefeuille dans ma poche.
— Depuis quand tu bois du chocolat ? me demande Gloria, surprise.
— C’est pour Lucie.
— Aaaaah !

Gloria a déjà englouti la moitié de sa boisson lorsque nous arrivons au marché de Noël. Par chance, il n’y a pas encore trop de monde. Alors que nous sommes proches du stand du père Noël, Gloria me laisse en plan et court vers Lucie. Je déteste quand elle fait ça, mais je la comprends, j'ai moi-même envie de courir vers elle pour la voir, pour vite la retrouver.

— Lucie ! Lucie ! crie Gloria en s'approchant d'elle.
— Oh, bonjour, Gloria, salue-t-elle.

Tandis que je m'approche, son regard tombe sur moi. Et comme chaque fois que je la vois pour la première fois de la journée, mon cœur s'accélère. Et comme chaque fois, je me fais la réflexion qu'elle est belle. Je ne lui ai encore jamais dit. Et aujourd'hui, j'en ai marre de la barrière patron-assistante, marre de faire comme si de rien n'était. Surtout ici, au marché de Noël.

— Tu es très jolie, dis-je en la fixant dans les yeux.

Le rouge lui monte aux joues.

— Merci, réagit-elle, timidement.
— Vous êtes qui ? peste le père Noël à mon intention.
— Je suis venu vous aider, dis-je en criant, pour être sûr qu'il m'entende.
— Nous aider ? demande Lucie à mes côtés.
— Tu permets que j'aille voir le père Noël ?

Elle ne comprend pas ce qu'il se passe.

— D'abord, tiens, dis-je en lui tendant son gobelet de boisson chaude. Comme tu l'aimes, chocolat chaud avec supplément chantilly.

Elle récupère le gobelet sans dire un mot et regarde Gloria qui est à ses côtés.

— Gloria, reste-là, je reviens dans deux minutes.

Elle me fait un signe de tête affirmatif. Alors que je m'avance vers le Père Noël, j'entends Lucie qui pose des questions à Gloria pour savoir ce que je vais faire exactement et surtout avec le père Noël.

— Bonjour, Hervé. Désolé pour le retard, j'ai eu un contretemps, dis-je en faisant signe vers Gloria.
— Oh, Joshua, je ne t'avais pas reconnu, dit-il en riant. Ne t'en fais pas. On fait comme prévu ?
— Absolument ! J'y vais, dis-je en laissant Hervé.

Alors que je me dirige vers Lucie qui est de plus en plus intriguée, je n'ai pas le temps d'arriver à ses côtés, qu'elle me pose déjà des tas de questions.

— Qu'est-ce que tu fais là ? Tu connais Hervé ? Et depuis quand ? Non, attends. Qu'est-ce que tu fais là ?

Je ne peux m'empêcher de rire. Mon plan se déroule comme prévu, elle est déboussolée, chamboulée. Plus je ris, plus ses sourcils se froncent. Pour ne pas faire durer le suspense, je pose mon gobelet de café sur sa table de fortune et tire sur la fermeture éclair de mon manteau. Pour laisser apparaître mon pull.

— Ce n'est pas vrai, dit Lucie en se mettant la main sur la bouche, choquée.

Gloria se met à rire de me voir ainsi vêtu. Ce n'est pas du tout dans mes habitudes. Mais je suis prêt à tout. Pour elle.

— Je suis là pour vous aider, dis-je à Lucie, souriant.
— Mais, je, euh… bégaie-t-elle.

— Oh, bonjour Joshua !

Emilie choisit ce moment pour faire son entrée sur le stand du père Noël.

— Bonjour, Emilie, comment allez-vous ce matin ?
— Très bien, merci. J'aime beaucoup votre pull, dit-elle en souriant.

Je baisse la tête vers ma tenue pour la regarder. Je suis content de l'avoir enfilé ce matin. C'est un pull de Noël rouge vif avec deux avocats dessinés. L'un à un bonnet rouge et l'autre à une barbe comme le père Noel. Ce pull m'a été offert par le *Secret Santa*. En voyant ce cadeau, j'ai su dans la seconde que c'était de la part de Lucie.

— Tu l'as trouvé où ce pull ? me demande Gloria.
— C'est un cadeau de Lucie.

Je la vois émue de me voir porter ce pull. J'enlève mon manteau et le range sous la table, avec les affaires de Lucie.

— Mais, tu n'aimes pas les pulls moches ! ajoute Gloria.
— C'était avant, dis-je en regardant Gloria. Et sache que ce n'est pas *un pull moche*. On dit tout simplement *un pull de Noël*.

Gloria hausse les épaules, ne comprenant pas mon engouement soudain pour Noël et surtout les pulls un peu kitch. Quand je relève la tête vers Lucie, je remarque qu'elle estompe une larme au coin de l'œil. Je lui adresse un sourire et me tourne vers Emilie, qui est toujours près de nous.

— Emilie ? Est-ce possible de montrer le chemin à Gloria pour aller voir le père Noël ?
— Mais bien sûr, je suis là pour ça, dit-elle, tout sourire.

J'attends que les filles soient éloignées pour chuchoter à Lucie :

— On parle tout à l'heure ? Je veux dire, toi et moi ?

Pour seule réponse, elle fait un signe de tête. Je prends place près du sapin de Noël, sous les yeux intrigués de Lucie.

Pendant ce temps, Hervé parle avec un petit garçon. Lucie les prend en photo, et le garçon se dirige sur le chemin qui va vers le sapin de Noël. Je me baisse pour attraper un cadeau et lui tend.

— Joyeux Noël, lui dis-je souriant.
— Merci, dit-il, timide.

Il jette un coup d'œil dans le paquet, sourit de toutes ses dents, et rejoint sa mère qui attend au bout de l'allée. C'est au tour de Gloria de se présenter au père Noël. Je n'entends pas ce qu'elle lui dit, mais Hervé me regarde de temps en temps. Lucie prend la photo, et Gloria se dirige vers moi.

— Qu'est-ce que tu as dit au père Noël ?
— Rien.
— Tu es sûre ?
— C'est un secret.
— Tu as raison, dis-je en lui tendant un paquet.

Elle l'ouvre et découvre un bonnet de Noël. Gloria saute sur place, contente de son cadeau.

— Tu es contente ? lui demande Lucie.
— Oui, je n'en avais pas !
— Génial, on le personnalisera ensemble si tu veux ?
— C'est vrai ?

— Oui, tu verras, on mettra ton prénom et plein d'autres choses.

Gloria positionne le bonnet sur sa tête. Elle est aux anges.

— Gloria ? l'appelé-je.
— Oui ? dit-elle en s'approchant de moi.
— En attendant que maman arrive, tu restes à côté de moi, ou à côté de Lucie, d'accord ?
— D'accord, répondit-elle en allant près de Lucie.

Je suis content de voir Lucie partager des moments avec Gloria.

Le reste de la matinée passe plus vite que ce que je pensais. Charlotte vient chercher Gloria à peine un quart d'heure avant l'heure de la pause.

— Je t'invite à manger ? proposé-je à Lucie tout en récupérant mon manteau sous la table.
— Pourquoi pas, répond-elle avec un énorme sourire sur le visage.
— Allons-y.

On range les affaires de photographie de Lucie et elle me suit hors du marché de Noël.

— Où m'emmènes-tu ?
— J'ai vu un restau de ce côté ce matin, je me suis dit qu'on pouvait tester.

C'est un restaurant qui offre des plats hivernaux, à base de fromage principalement.

— Ça te dit ?
— Oh oui, ça fait un moment que je voulais y aller en plus, répond-elle, contente.

Installés à table, alors qu'elle regarde le menu sur la carte, je ne regarde qu'elle. Quand elle lève les yeux pour me regarder, elle se met à rougir.

— Qu'est-ce qu'il y a ? demande-t-elle, gênée.
— Ne t'en fais pas, il n'y a pas d'avocat sur la carte. J'ai vérifié avant de t'amener ici.

Elle me regarde avec des yeux ronds. Et ne répond rien.

— J'en étais sûr.
— De quoi ? demanda-t-elle en prenant son verre d'eau en main.
— Que tu n'aimais pas l'avocat.
— Qu'est-ce qui te fait dire ça ?

Elle est à deux doigts de recracher l'eau qu'elle a en bouche. Non pas à cause de la surprise de ma réplique, mais à son regard, je vois qu'elle se retient de rire.

— Qu'est-ce qui m'a cramée ? demande-t-elle en posant son verre.
— Le pull.
— C'est vrai que c'était un gros indice, rit-elle.

La voir rire de bon cœur me fait du bien. Elle est naturelle avec moi, sans chichi, sans aucune honte. Elle est à l'opposé de Kim.

— J'ai tout de même une question, dis-je en la fixant dans les yeux. Pourquoi avoir pris de l'avocat lors du repas avec Simon ?
— Tu veux vraiment savoir ?
— Toute la vérité !
— D'accord, toute la vérité, rien que la vérité, dit-elle en levant sa main droite.

Elle est une bouffée d'air frais, et j'en veux plus, j'en veux chaque jour qui passe.

— J'étais dans mes pensées au moment où il fallait choisir le plat.
— Dans tes pensées ? demandé-je, intéressé.
— Pour être tout à fait honnête, puisque j'ai levé la main droite, dit-elle en souriant, j'étais troublée… par toi.
— Par moi ?

J'essaie de me remémorer ce moment du repas, et en y repensant, elle était un peu ailleurs. Mais je ne pensais pas en être la cause.

— Alors j'ai dit que je prenais comme toi sans même t'avoir écouté, et surtout, sans même savoir que tu allais prendre de l'avocat. Mais c'est vrai, qui aime ça ? demande-t-elle avec dégoût, ignorant ma question.
— C'est pour ça que tu as fait exprès de faire tomber ton verre d'eau dedans ?
— Je t'assure que non, j'allais faire un effort, mais, à croire que je ne devais pas me forcer.

Elle m'adresse un sourire triomphant. Heureuse d'avoir échappé à l'avocat.

— Tu sais que tu pouvais tout simplement me dire que tu n'aimais pas ?
— Joshua, j'étais tellement gênée et avant, tu n'étais pas très sympa, me rappelle-t-elle.
— Un point pour toi, dis-je en levant mon verre.
— Mais tu as changé, fit-elle en levant son verre à mon attention.

En reposant son verre, je remarque qu'elle est tourmentée par autre chose.

— Vas-y, demande-moi.
— Comment connais-tu Hervé ?
— Hier soir, quand tu as proposé à Gloria de venir te voir, j'ai trouvé l'idée sympa. Mais je voulais faire mieux que juste passer te voir avec elle. Alors ce matin, je suis venu et j'ai cherché Hervé pour lui proposer mes services.
— Tu es venu à quelle heure ? questionne-t-elle en réfléchissant.
— Très tôt.
— Mais…
— Quand je t'ai vu débarquer, je me suis faufilé.
— C'est toi qui as aidé Hervé avec les cadeaux ?
— Oui.

Je suis venu aux alentours de sept heures trente. Je savais qu'un père Noël comme Hervé prenait les choses à cœur et venait très tôt pour s'occuper de son stand. Surtout aujourd'hui, avec la distribution de cadeaux. Il était un peu grincheux, car il n'arrivait pas à avancer comme il le souhaitait avec l'empaquetage, donc je lui ai donné un coup de main. Il n'en restait qu'une dizaine quand je suis parti. Tout en emballant, nous avons discuté et je lui ai expliqué pour Lucie. Ou plutôt, je lui ai dit qu'elle m'attirait depuis longtemps et que je ne voulais plus attendre, patron ou non. J'ai très vite compris que mon histoire ne le laissait pas insensible puisque son histoire avec Emilie était similaire. Et quand Lucie a débarqué sur les coups de huit heures trente, j'ai filé en douce pour qu'elle ne m'aperçoive pas.

— Merci, dit-elle tout bas. Pour lui je veux dire.

— Tu n'as pas à me remercier. Il est vraiment sympa Hervé, quand il ne râle pas, ajouté-je en riant.

— Oh, oui. Chaque jour, je passe le voir et il me met de bonne humeur de suite, dit-elle en me souriant.

Un coup d'œil à l'heure sur ma montre et je comprends que nous allons être en retard. Nous nous dépêchons de retourner au marché de Noël. Nous n'avons pas vu le temps passer, entre la conversation et le bon repas. À peine sommes-nous arrivés au stand d'Hervé, qu'il râle de notre retard.

— Chéri, ils sont là, c'est le principal, dit Emily doucement. Et puis, ils ont à peine deux minutes de retard. Ne les embête pas.

Je souris à Emilie, m'excusant tout de même. Elle balaie ce geste d'un signe de tête et chacun prend sa place. L'après-midi est merveilleuse. Des années que je ne me suis pas amusé comme ça, en particulier en période de Noël. J'observe ce qu'il se passe autour de moi et j'ai une pensée pour Nanny. Elle aurait adoré être ici avec nous. Elle aurait adoré Hervé et Emilie aussi.

Emilie parle ou joue avec chaque enfant qui passe. Hervé prend le temps avec chacun d'entre eux. Et Lucie s'intéresse à leurs cadeaux, ceux que je leur ai offerts. Je ne pourrais pas dire combien d'enfants sont passés, mais beaucoup.

— Alors, cette première journée ? me demande Emilie. Pas trop épuisé ?

— Première journée ? demande Lucie, perplexe.

— C'était parfait, réponds-je à Emilie en mettant mon manteau.

— Tu reviens demain ? questionne à nouveau Lucie.
— Évidemment, dis-je en la regardant.

Je vois qu'elle est touchée de mon initiative. J'ai passé la journée à faire des choses qui sont contre nature pour moi, et à chaque fois ça fonctionne, elle est déboussolée.

— À demain ! salué-je Hervé et Emilie.
— À demain, me salue Emilie.
— Tu veux bien m'accompagner ? demandé-je à Lucie.
— Tu veux aller où ?
— Tu verras.

Sans attendre, je lui prends la main et nous déambulons dans les allées du marché de Noël. Je vois Lucie qui a le cerveau en ébullition et qui essaie de comprendre où nous allons et ce que je compte faire. Mais c'est impossible qu'elle sache.

Jusqu'au moment où la destination est sous nos yeux.

— Tu veux vraiment y aller ? me demande-t-elle, surprise.
— Oui, pourquoi ?

Nous venons de nous insérer dans la file d'attente de la grande roue.

— Tu n'es pas obligé, tu sais.
— J'en ai envie.

Je lui serre la main un peu plus et la regarde dans les yeux.

— Je veux me surpasser pour toi.

Elle me fait un sourire éclatant, et se colle un peu plus à moi. À peine montés dans la nacelle, mon cœur s'accélère. Je suis vraiment prêt à tout pour elle.

— Tu es sûr que ça va aller ?
— Quand je suis avec toi, ça va toujours.

Son sourire ne quitte plus son doux visage. La nacelle grimpe de plus en plus. Je me concentre davantage sur elle pour faire abstraction de l'endroit où je me trouve.

— Pourquoi fais-tu tout ça ? me demande Lucie en me montrant la nacelle.
— Je te l'ai dit Lucie, je veux le meilleur pour toi.
— Mais…
— Non, attends, la coupé-je. Depuis quelques semaines, c'est un massacre dans ma tête. Tu me fais ressentir des choses que je n'avais pas ressenties depuis des années.

Elle ouvre la bouche pour rétorquer. Je me dépêche de placer ma main libre sur sa bouche, pour la faire taire.

— Laisse-moi finir, souris-je. Un soir, je t'avais dit « *je ne veux plus de relation au boulot* », maintenant tu sais pourquoi. En me laissant aller avec toi, j'avais peur que l'agence soit en péril, mais je sais, tu n'es pas comme Kim, ajouté-je en la voyant faire de gros yeux. Tu es même à l'opposé d'elle, mais tu peux comprendre que ça me faisait flipper ?

Elle fait signe de la tête.

— Quand j'ai compris que je ne pouvais pas nier mes sentiments pour toi, je me suis laissé aller et j'ai découvert une partie de moi qui était enfouie depuis bien trop longtemps. Tu me fais faire des trucs inimaginables comme monter dans une grande roue ou faire de la patinoire.

— Ou chanter L*a Reine des neiges*, dit-elle derrière ma main.

— Par exemple, éclaté-je de rire à ce souvenir. En ta présence, je me sens… vivant, humain… Heureux.

J'enlève ma main de son visage pour mieux l'admirer et me rapprocher d'elle.

— J'ai essayé de te tenir loin de moi en étant un con, mais c'était peine perdue. Mon cœur te voulait, Lucie.

Une larme coule le long de sa joue.

— Joshua… chuchote-t-elle.

— Je t'aime, Lucie, dis-je simplement.

Un sourire se dessine sur ses lèvres. Mon cœur bat la chamade. Plus par ce moment que par le fait que nous soyons tout en haut de la grande roue. Elle approche son visage du mien doucement, s'arrête à quelques centimètres et me chuchote :

— Je t'aime aussi, Joshua.

Nos lèvres se rencontrent pour un baiser tendre, rempli d'amour et de douceur.

Mon cœur explose.

Je suis heureux.

Je suis amoureux.

Épilogue 1/2

LUCIE

Vendredi 25 décembre

Assise sur mon canapé, une tasse de café à la main, je souris face à mon sapin clignotant. Je viens de passer la plus belle semaine de ma vie.

Samedi, l'homme que j'aime s'est déclaré, sur la grande roue qui plus est.

Dimanche, on a de nouveau aidé le père Noël à distribuer ses cadeaux.

Lundi, Simon et Joshua m'ont fait une offre de travail que l'on ne peut pas refuser. Dans les prochains jours, je deviendrai la nouvelle directrice d'une branche appelée « *Vidéo & Co* » et pour couronner le tout, je serai accompagnée de Mathilde. Simon a adoré notre façon de penser et de voir les choses, lors de notre dîner quelques semaines plus tôt. Il en a discuté avec Joshua, et tous deux sont d'accord : il faut que *Little Brown* s'agrandisse sur le plan vidéo, et c'est tout naturellement qu'ils ont pensé à nous.

Suite à ça, nous avons beaucoup discuté avec Joshua. Je ne veux pas qu'il pense qu'en me donnant ce poste, le schéma « *Kim, l'assistante du patron* » va recommencer. Au contraire, nous allons être pratiquement au même statut.

Mardi, nous avons passé la fin de journée au marché de Noël avec Mathilde et Simon. Nous avons fini au restaurant et Joshua est rentré avec moi, chez moi. Pour ne pas changer des jours précédents.

Mercredi, les collègues m'ont fait un goûter surprise de Noël. Le tout manigancé par Joshua. Personne n'a été étonné de nous voir ensemble. Et beaucoup ont gagné leurs paris.

Jeudi, jour du réveillon. Charlotte m'a invitée à venir passer la soirée du réveillon avec Gloria. Ce fut une merveilleuse soirée. J'aime beaucoup Charlotte, et Gloria est un vrai petit soleil. Elles sont incroyables.

Vendredi, jour de Noël, me voici sur le canapé, à sourire à mon sapin. Une tasse de Noël pleine de café, entendant la douche s'arrêter.

— Bah alors, je t'attendais !

Je tourne la tête vers la voix de Joshua. Il est torse nu au milieu de mon appartement, une simple serviette sur les hanches. Et il sourit. Mais ce n'est pas un simple sourire, c'est de ceux qui font sourire systématiquement les autres personnes alentour.

— Dépêche-toi, on va être en retard, dis-je en riant.

— Dit celle encore sur le canapé avec son café !

Je récupère un coussin du canapé pour le lui balancer. Je le vois partir dans la chambre, en éclatant de rire.

Épilogue 2/2

JOSHUA

Vendredi 25 décembre

Je vais passer un vrai premier Noël. J'ai toujours fait le réveillon chez Charlotte. Et avec Gloria, elles vont dans sa famille pour le jour de Noël. Quant à Kim, elle ne m'a jamais demandé de faire quelque chose pour ce jour particulier, et ça m'allait bien à l'époque, car c'était la période où l'absence de Nanny se faisait le plus ressentir.

Mais aujourd'hui, c'est différent et je suis prêt à faire de ce jour quelque chose de magique. Ou du moins, profiter de ce jour pour être avec des gens que j'aime.

— T'es prêt ? me demande Lucie en me serrant la main un peu plus fort.

Je fais signe de tête et elle frappe à la porte devant nous. Hervé et Emilie nous ont invités à venir passer Noël chez eux. Je n'ai pas hésité une seule seconde pour accepter, au grand bonheur de Lucie.

— Oh, bonjour les amoureux ! nous salue Emilie en ouvrant la porte. Entrez, entrez !

Elle se retire du passage pour nous laisser entrer. La maison leur ressemble. Il y a de la décoration de Noël un peu partout, un énorme sapin avec de jolies boules. Un feu de cheminée et des plaids aux couleurs rouges. C'est un endroit cosy et chaleureux. Comme le sont Hervé et Emilie.

— C'est magnifique ! crie Lucie, en admiration devant leur village de Noël.
— Merci, dit une Emilie ravie.

Le repas se passe merveilleusement bien. Emilie cuisine divinement, Hervé nous raconte des histoires de père Noël. J'ai Lucie à mes côtés qui ne fait que sourire, heureuse de cette journée.

Je ne pouvais pas rêver mieux. Je ne pouvais rêver meilleure fin d'année.

FIN

Remerciements

Merci à mon mari de m'avoir poussée durant toutes ces années en me demandant « pourquoi t'écris pas un roman toi aussi ? ». Après onze ans, c'est fait mon amour. Merci de m'avoir laissé du temps pour avancer sur cette histoire, merci de l'avoir lu et de m'avoir aidée à y voir plus clair quand j'avais la tête dans le guidon. Bébé, I dit it !

Merci à ma bichette, Julie. Toi qui étais là dès le départ, m'as soutenue, m'as aidée quand j'ai douté. Toi qui as partagé cette excitation quand j'ai publié sur Wattpad et qu'on s'est dit « ça y est, on va devoir partager Lucie & Josh ». Tu sais déjà tout et jamais je ne te remercierai assez pour tout ce que tu m'apportes.

Merci à Flavia, Manon, Mélanie d'avoir été là à un moment donné dans cette aventure.

Merci à Marie pour tout ce qu'elle m'a apporté sur la fin de cette aventure.

Merci à ma maman d'avoir été présente dès le premier chapitre et qui attendait la suite avec impatience.

Merci à Colyne de me permettre de vous mettre cette histoire entre les mains.

Et surtout, merci à vous. Merci à vous d'être là, de me suivre dans cette nouvelle aventure de folie, d'avoir suivi chaque jour sur Wattpad les publications et d'être là encore aujourd'hui. Vous avez Lucie & Josh entre les mains… OMG !

« C'est pour ça que j'aime Noël,

pour ces rencontres,

pour l'amour, pour la magie. »

Printed in Poland
by Amazon Fulfillment
Poland Sp. z o.o., Wrocław

81649476R00186